彩の国の怖い話

—男女怪談作家の恐演—

寺井広樹・能面りりこ

はじめに

埼玉県深谷市に祖母宅と、当家の菩提寺と墓があり、そんなご縁もあって埼玉県の怪談を集めた「彩の国の怖い話」を書かせていただく運びとなりました。「彩の国」というのは、言わずもがな埼玉県の愛称ですが、文字も響きも美しい素敵なタイトルをつけていただき嬉しく思っています。

神秘的な美しさに心囚われます。最近は能面の美しさに魅せられ、執筆の傍ら、能面を彫り始めました。面《おもて》に表された美しさと、その面の下に秘められた美しさ。その両方に惹かれます。無表情を「能面のよう」と例えたりしますが、能面は角度によって表情が変わり、本当はそのわずかな表情の差の中に、豊かに感情表現がされているのですよ。

そういえば、子供の頃の私は、いわゆる「能面のような」子だったかもしれません。一言もしゃべらず、にこりともせず、ただじっと見つめている――そんな子でした。今思うと、表に現れていない、その下にあるものを見ようとしていたのかもしれません。周りの大人たちはみな困ったような顔をしていましたが。怪異というものも、見えない、わからないからこそ知りたくなり、人々の心をとらえるのでしょうか。

「神秘的な美しさ」「彩」について思いをめぐらしているうちに、ふと神楽鈴につけた五色の布を思い出しました。小学生の頃、巫女として神社で御神楽を奉納していました。白い小袖に緋袴、銀びらのついた花かんざしを頭に挿して。神楽鈴をシャンと鳴らし、自分の背丈よりも長い五色の絹布を捧げ持ち、神楽舞台で舞う。幼い頃の思い出が、能面の神秘性にどこか通ずるものがあるのやもしれません。本書にも一話、妖しく美しい能面の話が収蔵されております。

本書の執筆にあたり、怪談師の正木信太郎氏には並々ならぬご協力をいただきました。また、まさに私が魅せられた能面師の中村光江氏の作品で表紙を飾らせていただけることになりました。そして、共著者の寺井広樹氏がこの筆名を命名してくれました。さらに、編集の亀谷氏はじめ、ご助力くださったすべての方々に心よりお礼申し上げます。

様々なめぐりあわせの下、皆様にお力添えいただき「彩の国の怖い話」を書き上げることができました。彩り豊かに五色の怪を綴りました。それぞれ色合いの違う趣向をお楽しみください。

そして、こうして本書をお手に取っていただきましたご縁に、心より感謝申し上げます。

能面りりこ

赤溜の怪

青濁の怪

埼玉を織りなす
五色の怪！

灰墟の怪

白昼の怪

黒闇の怪

彩の国の怖い話　目次

―男女怪談作家の恐演―

【青濁の怪】

【灰墟の怪】

【白昼の怪】

【黒闇の怪】

#【赤溜の怪】

いい奴

吉川市

今から十五年程前、当時大学生だったKさんが吉川市に下宿していた頃の体験談。

Kさんは、とあるラーメンチェーン店でアルバイトをしていた。

「あいつ、めっちゃいい奴だったんだよなぁ」

自分の言葉に「うんうんうん」と何度も頷きながら話すKさんは、短髪に身長百八十センチはあるガッチリした体格で、いかにもスポーツマンといった体育会系の風貌。

Kさんが「いい奴だった」と話すSくんは、ラーメン店のバイト仲間の一人である。Kさんとは別の学校に通う大学生だったそうだ。

「Sはさ、ナントカレンジャーで例えるなら、緑、みたいな」

目立つタイプだとか、輪の中心にいるタイプでは決してない。が、みんなが面倒がるような仕事を何も言わず、さらりとやってくれているようなところがあった。人気投票をしても名前が上がらない代わりに、彼のことを嫌いという人もいなかったという。

「そうやって名前をあげるときに、なかなか思い出されないタイプというか、つい忘れがちというか」

Kさんは「うんうんうん」と悪気なく頷く。


十一月のことだ。

朝から雨が降っていた。秋も深まり、冷たい雨だ。土砂降りというほどではないが、アスファルトはすぐに黒く色を変えていく。責任感の強いSくんは、雨の降りしきる中アルバイトに向かった。その途中、バイクがスリップし転倒してしまう。すぐうしろに後続のトラックが迫っていた。黒いアスファルトがSくんの血で真っ赤に染まった。Sくんは病院に搬送される。しかし、残念ながらSくんはそのまま還らぬ人となった。

バイトにくるはずのSくんが来ず、またその後Sくんのご両親からも連絡があったため、Sくんの事故死はすぐにバイト先のみんなが知るところとなった。

「おまえ、行く？」

「葬式？　いやー、そこまで仲いいわけでもなかったし」

「だよな。俺もここで顔合わせればちょっとしゃべるってくらいだったし」

そんな会話が交わされた。


ところが、その葬儀の翌日からも、Sくんは律義にバイト先にやってきた。

「なんか、普通にいるの。店ン中に」

厨房やフロアに、Sくんは当たり前のように立っていた。

「一瞬気づかないわけよ、幽霊だって」

あんまり普通に立っているので、その違和感に気づくのが一瞬遅れる。

「で、二度見して、あぁ、って」

Sくんは、これまた律義にバイト先の名札を付けたエプロンをちゃんと着けていた。だが、その姿を見るのはラーメン店のスタッフだけ。お客さんがいる時は決して姿を見せない。

「でさ、面白いことに」

と、Kさんは前に身を乗り出した。

お昼時や夕食時など店が忙しい時間帯。気がつくとお客さんが帰った後のテーブルのお皿が下げてある。また、時には洗い場にたまったお皿が洗ってあったりする。

「アイツ、いい奴だったからな」

「うんうんうん」と頷きながら話を続けるKさん。

実際に誰かが片づけや洗い物をしているSくんを目撃したわけではない。が、たまった仕事を何も言わず片づけてくれているのはSくんだろう。バイト仲間の間ではそう話していた。


ひと月が経っても、相変わらずSくんは律義にバイト先にくる。

「アイツ、死んだことに気づいてないのかな?」

と、ふと誰かが口にした。

みなテーブル席を二つ挟んだだけのところにたたずんでいたSくんを、そっと振り返った。

すると店長が、

「しーっ、迂闊なことというなよ」

と、みんなをたしなめた。

店の中で一番若いアルバイト店員の女子高生のMちゃんが、

「そうよ、可哀そうじゃない」

と加勢する。さすがにみんな口をつぐんだ。

ところが、次の日になってそのMちゃんが、こんなことを言い出した。

「やっぱり、Sくんに本当のことを教えてあげた方がいいと思う」

Mちゃんがいうには、間もなくSくんは亡くなってから四十九日を迎えることになる。

亡くなっていることを教えてあげないと成仏できないのではないか、という。

「じゃないと、ずっとこのラーメン屋で地縛霊みたいになっちゃうんじゃない?」

正直Kさんや他のバイト仲間には、その言葉はピンとこなかったという。

「成仏とか地縛霊がどうとかって、安っぽい作り話みたいに聞こえて」

女子高生の子供っぽい正義感、と鼻白んだ気持ちになったそうだ。

それに、Sくんは仕事の手伝いをするということ以外には特に存在感はなく、こちらに恐怖や害を与えるようなことは一切しない。あえて何らかの行動を起こすべきとも思えなかった。

もともとSくんのことを、「ナントカレンジャーに例えるなら緑ですよね」と言い出したのはMちゃんだったそうだ。

「MちゃんにSへの恋愛感情があるとか、そんなのは全然なかったっすよ」

そういうのがあった方が話としては面白いかもしれないけど、とKさんは軽く笑う。

Mちゃんは、自分の提案に他のみんなが積極的でないと見て取ると、

「みんな、ヒドイ。バイト仲間のことなのに」

と憤慨し、今度は店長に同じ提案をしにいった。

「店長、このままだとSくん成仏できないんじゃないですか？　Sくんに本当のことを教えてあげるとか、お坊さん呼んでお経あげてもらうとかした方がいいんじゃないですか？」

そんなMちゃんに店長は真顔でこう答える。

「なんで？　バイト代払わなくてもタダで働いてくれてるのに、もったいない」

その時、Sくんの幽霊は店長の後ろに立っていて、その言葉を聞いていた。

「俺、それ聞いてそのバイト、速攻辞めたんスよ」

というKさん。

「だって、そうでしょ？　もし俺が事故かなんかで死んだとして、しれっとタダ働きさせようとするバイト先なんて勘弁っすよ」

幽霊よりもケチで薄情な店長の方がよっぽど怖い、という。

「哀しそうな顔してた」

と、Mちゃんはバイト仲間にその時のSくんのことを語ったそうだ。

「でも、俺も見てたんスよ」

Kさんは、Mちゃんの背中側からMちゃんと店長のやり取りを遠目に見ていた。なので、店長の後ろに現れたSくんのことも見えていた。

「あれは、哀しそうとかそんな顔には見えなかった」

どんな表情だったのか、Kさんは、それ以上は言葉を濁し詳しくは語ってくれなかった。

「いや、でも、アイツ、いい奴だったし」

少し重くなった空気を打ち消すように声のトーンをあげ、Kさんはまた「うんうんうん」と何度も頷く。いい奴だった。どうやらそう思いこみたくて、自分に言い聞かせるために頷いているのだとも受け取れた。Kさんがバイトを辞めた理由は、果たして人使いの荒い店長のことだけだったのか。

「アイツ、ほんといい奴だったんすよ」

と何度も頷くKさんはいったい何に怯えているのだろうか。

白いマル

武蔵野線某駅

武蔵野線のとある駅での出来事だ。当時高校生だったTくんの体験。

真冬の朝だった。その日もいつも通り家を出た。学ランの下に着こんでいても寒さがこたえる。自宅の最寄り駅のホームまでやってきた。毎朝必ず同じ場所から電車に乗る。一番うしろの車両の一番うしろのドアが定位置だ。そのように決めているわけではないが、習性というか習慣というか自然とそうしていた。通勤通学の時間帯はいつもそれなりに混んでいる。その日はさらにホームがごった返していた。時間は過ぎているのになかなか電車はやって来ない。

アナウンスが流れた。電車が遅れているとのことだ。

「ったく、なんだよ」

かじかむ手を小刻みにこすり合わせる。ふと下を向いた。視界の端に何かが映った。

「アレ？」

白いマル。

Tくんが立っている右足の足元のすぐ横。ホームのアスファルトの上に、白いチョークで丸く囲ってある箇所がある。そこには同じく白いチョークで「左腕」と漢字で書かれていた。

Tくんはあたりを見回した。すると、あった。白いマル。Tくんの立っていた場所の真うしろ。それにすぐそこにあるベンチの座面部分にも描かれている。そこには同じく漢字でそれぞれ「左足」「右手首」とある。

——うわっ、コレ、バラバラ死体だ。

またホームにアナウンスが流れた。さっきはよく聞き取れていなかったが、なるほど、電車の遅れの原因は人身事故だといっている。早朝にその事故があった。電車は動き出してはいるがいまだ遅れが生じている、とのこと。つまり、その事故現場がココなのだ。何かで聞いたことがある。ホームの端から端の中で、一番後ろの地点が電車のスピードが一番出ている箇所だそうだ。考えてみれば確かにそうだ。つまりそこが飛び込み自殺をする地点として選ばれやすいということか。

「ったく、迷惑なんだよ」

苛立ちからTくんは思わずそうつぶやいた。足元にあった白いマルを軽く蹴るようなしぐさをした。自分の「いつもの定位置」を汚されたような気がしたからだ。それに、この寒空の下、いつまでも待たされているのも腹立たしい。

「寒ぃーっ」

黒い学ランの二の腕を両手でこすりながら待っていた。

「あれ、いつの間に……」

気がつくと、Tくんの学ランの右足のすねのあたりに白いマルがついている。どこかほかの場所にも白いチョークでマルが描かれていたのだろう。知らぬ間にそこに触れ、ついてしまったのか。

「気持ち悪っ」

その白いマルを手で払う。チョークで描かれたそれは払えばすぐにとれた。

ようやく電車が到着する。学校へと向かった。Tくんが教室に入ると、

「それ、どしたの?」

と同級生がTくんの方を指さした。

「え？　何が？」

同級生が指さしたのはTくんの右足だ。見るとズボンのすそから血が流れている。Tくんは驚いた。痛くも何ともないのに、流れ出る血は上履きをみるみる真っ赤に染めていく。あわててズボンをまくりあげた。血がドクドクと流れている。右足のすね。さっき白いマルが描かれていたあたりだ。傷口は鋭利な刃物で切ったようにすっぱりと切れている。それまでまったく痛みを感じていなかったのに、猛烈な痛みに襲われてうずくまった。保健医では対応できず、病院に運ばれる。何針も縫うような大ケガだった。


翌日、ケガはしているものの通学しても問題はないということで、いつものように学校へ行った。二時間目は数学の授業だ。黒板を見ながらノートをとる。ふと学ランを見て気がついた。白いマル。学ランの左袖に白いマルが描かれている。

「うわっ」

あわててそれを払い落とす。

「静かにしろ。授業中だぞ」

教師に注意され、「前に出てこの問題解いてみろ」とついでのようにあてられた。仕方なく黒板の前に立つ。右手にチョークを持ち数式を書こうとした。教室が急にざわついた。Tくんのだらんと降ろした左手の指の先端から血が滴る。教室の床にぽたり、ぽたりと赤い血だまりを作っていく。それまで痛みを感じていなかったのにその赤い血だまりを見た瞬間、激痛に顔がゆがんだ。またも病院に運ばれる。左腕にぱっくりとタテに裂け目が入っていた。中の肉が見えている。やはり白いマルがついていたちょうど真下のあたりだ。その日はそのまま家に帰された。

——呪われた？

Tくんは焦った。思い当たるも何も、あの人身事故のせいだ。それしかない。そう思った。お祓いをしてもらった方がいいのだろうか？　お祓いってどうするんだ？　誰に頼めばいいんだ？　そんなことが頭の中をぐるぐると回る。極度の不安からか呼吸が浅くなり、額からあぶら汗が流れた。

顔を洗って落ち着こう。そう思い、洗面台へ行った。蛇口を大きくひねる。ざぶざぶと水で顔を洗った。冷たい水で少し気持ちが落ち着く。ふう、と一息ついて顔をあげた。洗面台の鏡を見てぎょっとした。白いマル。Tくんの右頬から首筋にかけて大きな白いマル

が描かれていた。脳の血流が音を立てて一気に足元へと流れ落ち、血の気が引いていくのを感じた。

Tくんは、人ひとりの命が失われたというのに軽々しい言動をしたことを後悔した。

これは十年も前の話で、二十代となったTくんは社会人となり元気に働いている。

Tくんはあの後どうしたかといえば、事故現場のホームにとんで行き、泣きながら死者に非礼をあやまったそうだ。幸いTくんの首筋から血が流れることはなかった。それ以降、Tくんの身に白いマルは現れていない。

ただ、これは武蔵野線のとある駅での出来事なのだが、どこの駅かははっきり書かないでほしいとのこと。この話を読んだ誰かが、万が一にもふざけてその駅に行って面白半分に何かしてしまわないかと気が気じゃないからだそうだ。死者には礼節をもたなければならないとTくんは身をもって知ったという。

七里殺人の森

さいたま市見沼区

七里殺人の森という有名な心霊スポットがある。この森の中で、息子が父親の首をナタで切断して殺害するという凄惨な事件があった。すぐに警察が駆けつけて捕まえたが、息子はその場で発狂して亡くなった。それから、その森では父親の生首が目撃されるようになったという。

細部は多少異なるも、こんな話がネット上でまことしやかにささやかれている。現場に行くと、この森の近くにはお墓や古めかしい神社があり、確かにそれらしき雰囲気を醸し出していた。

しかし、実際はそんな事件は存在せず、オカルトファンが流した噂話に過ぎないらしい。というこれもまた噂であるが――。

30代前半の男性Dさんは、五年前に仲間たちと一緒に心霊スポット巡りと称して七里殺人の森へ行った時の体験談を聞かせてくれるという。

Dさんは、右腕を三角巾で吊って現れた。聞くと、

「あぁ、ぜんぜん大丈夫っすよ。これ、ただ吊ってるだけっすから」

というやや軽いノリのDさんには、合コンで知り合った遊び仲間が何人もいるそうだ。七里殺人の森にいっしょにいったのも、そんな遊び仲間のうちの何人からしい。

ちなみにDさんは、その当時すでに七里殺人の森の事件が単なる作り話だということを知っていたそうだ。ただし一緒に行った他のみんなは、そこが本物の心霊スポットだと信じていたという。


自動車二台に分乗していった。男女合わせて七名くらいだったか。年齢も職業もバラバラの集まりだ。午後、まだ夕方にもなっていないくらいの時間だった。七里殺人の森に着いた。自動車を停めて、徒歩で奥へと入っていく。人数もそれなりにいたし、ただ騒ぎたいだけの集団だ。ふざけて笑い合いながら奥へと進む。

「あ、今光った！　あそこ！」

一人の女の子が叫んだ。その子が本気で言ったか、ふざけて言ったかは知らない、とDさん。ただDさんはその言葉に乗っかった。

「確かにあっちが殺人現場だって話だ」

みなキャーキャーと叫んで怖がる。その中に一人、尋常じゃない怖がり方をする子がいた。その場にいた中では最年少で、当時二十歳くらいのRちゃんという女の子だ。

「最初はわざと怖がってみんなの気を引こうとしてるのかと思った」

Rちゃんは顔をぐしゃぐしゃにして泣いて腰を抜かし、ひとりで立ちあがれない始末。だが、そこに集まったメンバーはみな悪ふざけが好きな連中ばかり。その瞬間、この会の趣旨が心霊スポットを冷やかしにいくというものから、Rちゃんを怖がらせて楽しもうというものに変わった。

「わたし、実は霊感があるんだ。あそこに何かいるのが見える」

「あっ！　Rちゃんの肩のとこに！」

みんな適当なことを言った。Rちゃんはひゅーひゅーとノドを鳴らす。そんなあからさまなウソを真に受けたのか、過呼吸気味になっていた。

「ちょっとやり過ぎかな、とは思ったっすよ。でも、ノリっつうか、途中で止めらんなくて」

とはいえ、Rちゃんのあまりの様子にそろそろ戻ろうということになった。また車二台に分乗し、近くのコンビニまで走らせる。みんな駐車場に出てたむろした。飲み物を差し出してもRちゃんはまだガタガタと震えている。Dさんはそこでネタばらしすることにした。仲間たちもいっしょに謝る。

「心霊スポットなんて、あんなの作り話の噂だから」

「Rちゃんがあんまり怖がるから、つい」

「霊感なんてないし。見えたなんてウソだよ」

「ごめんねー」

Rちゃんは泣き止んだ。震えも止まった。過呼吸もおさまったようだ。顔からおびえが消え真顔になったRちゃん。真顔というよりは無表情といった方が近いだろうか。Rちゃんは黙ってみんなを見ている。

――やっべぇ、怒った?

そう思ったDさんはもう一度「ごめんね」と謝ろうとした。その前に「でも」とRちゃんが口を開いた。

「でも、Dくん右腕ないじゃない。あそこに落としてきたじゃん」

Dさんの右腕は、もちろんちゃんとある。

「髪の毛燃えてるけど大丈夫？」

「左足折れてるよ」

「背中に何かいるよ？」

Rちゃんは、一人一人の顔を見つめ、順番に気味の悪いことを言ってくる。

「なに顔にくっつけてるの？　位牌？　ハロウィンじゃないんだから」

そう言ってRちゃんはその子の顔を指さして笑い出す。ただ、腹を抱えて笑うRちゃんの、その眼だけは笑っていなかった。


「いやー、あん時はマジか、って思いましたよ」

しばらくしてDさんは仕事先の現場で右腕に大ケガをした。右腕切断にこそならなかったものの、神経を損傷し動かすことができなくなった。

「邪魔だから吊ってるだけで、別にもう痛くもなんともないんっすけどね」

右手が使えないのは不便だが、今は左手で箸やペンを支障なく使えるようになったそうだ。右腕のリハビリは今でも続けている。

Rちゃんに何か言われた他の仲間たちもみな同じような目にあったらしい。足を骨折したもの。顔半分を大やけどし、さらにそのケロイドを治すため今後も何回か整形を繰り返さないといけないもの。毎晩枕元に何かが立つというものは、睡眠不足に陥り精神状態がおかしくなってしまった。位牌がついているといわれたものは、すでにこの世にいない。なぜ亡くなったか原因はわかっていない。

Rちゃん自身は何事もなく、今も平和に暮らしているらしい。

いっそのことDさんが三角巾を放り投げ「これもウソでしたー」といってくれれば、それはそれでいいのだが。

欲しい

さいたま市見沼区

現在三十代半ばの男性Aさんの体験。

Aさんは、子供の頃から根っからのオカルト好きだ。怪談話やUFO、あるいは恐竜が絶滅した謎、そういったもの全般に興味を持っていた。

高校生になったAさんはオカルト研究会に入部した。しかし、二年生になった時には部員はAさんひとりになってしまった。三年生は引退し、新入生は入部希望者がいなかったからだ。それでもAさんは毎日オカルト研究会の部室にいく。大好きなオカルトの本を読みあさったりして有意義な時間を過ごしていた。

夏休みも残りわずかな八月のある日のこと。割と近くに心霊スポットと言われている森があった。凄惨な殺人事件があった現場だといわれている。Aさんはそこにひとりで足を運んだ。秋の文化祭の発表の展示用に心霊写真が撮れないものかと思ったのだ。

夜の九時。懐中電灯で森を照らした。光は奥まで届かない。鬱蒼とした夜の森はさすがに気味が悪かった。本当に何か起こりそうだ。森の中に踏み込むのは勇気がいる。もし心霊現象にあったらどうしよう。でも、もしそうなったらそれはそれで嬉しいかも、などと頭の中で考えていた。とはいえ、やはり一人でというのは心細くなってきた。こういう時には仲間が欲しい。だが怖じ気づいていても仕方がない。せっかくここまで来たのだからと森に分け入ろうとすると、森の中の暗闇から人影が現れた。Aさんは驚いて思わず叫び声をあげた。よく見ると、学生服を着た一人の少年だ。おまけにそれはAさんの学校の制服のようだ。見たことのある顔のような気がする。多分同じ二年生だ。もしかしたら彼もオカルト好きでこの心霊スポットに来たのだろうか。そんな風に思った。

——声をかけてみようか。

Aさんは「あの……」と少年に向かって声を出した。が、彼はうつむいたまま視線を合わせようともせず素通りしていく。なんだよ。Aさんがそう思った時、

「へぇ、そうなんだ」

すれ違いざまに声が聞こえた。自分に言われたのかと思いAさんが少年の方を振り返ると、違った。彼はうつむくというより、首を右斜め下に傾けて隣にいる誰かに話しかけているようだった。普通だったら無造作に降ろされているはずの右腕は、ぴんとひじをはって伸ばされている。その先の右手の指は、不自然に中途半端に握られていた。小さな子供と手をつないでしゃべりながら歩いている。Aさんにはそんな風に見えた。

――やっぱりやめた。今日はもう帰ろう。

なんとなく気分をそがれたAさんはきびすを返した。すると、

「欲しいの？」

見えない子供にそう問う彼の声が耳に届いた。思わず振り返る。彼は、話しかけていた見えない子供からAさんのほうへと視線を移すところだった。Aさんは気味が悪くなり足早にその場を去った。しかし、そのうしろ姿を、彼に、あるいは彼らにずっと見られているような気がして、振り返ることができなかった。

夏休みが終わり、新学期になった。放課後、Aさんはオカルト研究会の部室に向かった。

すると、部室の前に誰かが立っている。林の前で会った、あの彼だ。

「何?」

Aさんが問うと、彼は部室を指さした。

「入部希望」

もうすでに職員室に行って顧問に入部届を出してきたという。気は進まなかったが、断る権限もない。彼はオカルト研究会に入部した。彼の名はBくんといった。その日から、Bくんも毎日部室に来るようになった。それはいいのだが、Aさんは二つのことに困っていた。

一つは、Bくんが例の小さな子供がいるようにふるまうことだ。

「この子も入りたいって」

「そんな子、どこにもいないじゃないか」

「今、ひざの上に座ってるよ」

と、その見えない子供がまるでいるかのように話しかけたり、オカルト本を見せてやったりする。

もう一つは、部室にどんどん変なものを持ち込むことだ。最初は鉄でできた風鈴だった。南部風鈴というそうだ。Bくんはそれを窓際に吊るす。窓を開けると、硬質の高い音が鳴った。

「なんでそんなもの持ってきたのさ?」

「この子が欲しいって言ったから」

そのあとも赤い金魚と水草の入った金魚鉢だとか、発泡スチロールにさしたべっこう飴だとか、どこから手に入れてくるのかしらないが、そんなものばかりを持ち込んでくる。

「あんまり変なもの持ってこないでよ。先生に怒られるし」

「だって、この子が欲しがるから」

と、やめようとしない。ある日、AさんとBくんは口論になった。きっかけになった出来事ははっきり覚えていないそうだが、要はAさんがBくんのこれまでの奇妙な振る舞いに我慢がならなくなったということらしい。

「いい加減にしろよ!」

「別にいいだろ、オカルト研究会なんだからさ」

といってBくんは意味ありげな笑みを浮かべただけで、取り合ってはくれなかった。

Aさんは気持ちを切り替えた。Bくんをオカルト研究会の仲間ではなく、調査対象だと思うことにした。よく考えたらBくんの言う通り、ここはオカルト研究会なのだから。そう思ったら、Bくんの奇妙な振る舞いに腹も立たなくなった。Bくんは相変わらず子供がいるように振る舞い、Aさんはそれを静かに傍観した。


そんなある日、Bくんが突然部室の窓から落下して亡くなった。

その日Aさんが部室のドアを開けると、南部風鈴がチリーンと鳴った。窓が大きく開け放たれている。部室は四階建ての校舎の四階にある。

「何やってんだよ」

窓枠にBくんが座っていた。足は床から離れてぶらぶらと揺れている。

「危ないよ」

Aさんの言葉が耳に届かないのか、Bくんは静かに笑っている。

「この子が欲しいってさ」

それだけいってBくんは、突然頭をうしろへ勢いよく引いた。上半身が窓枠から校舎の

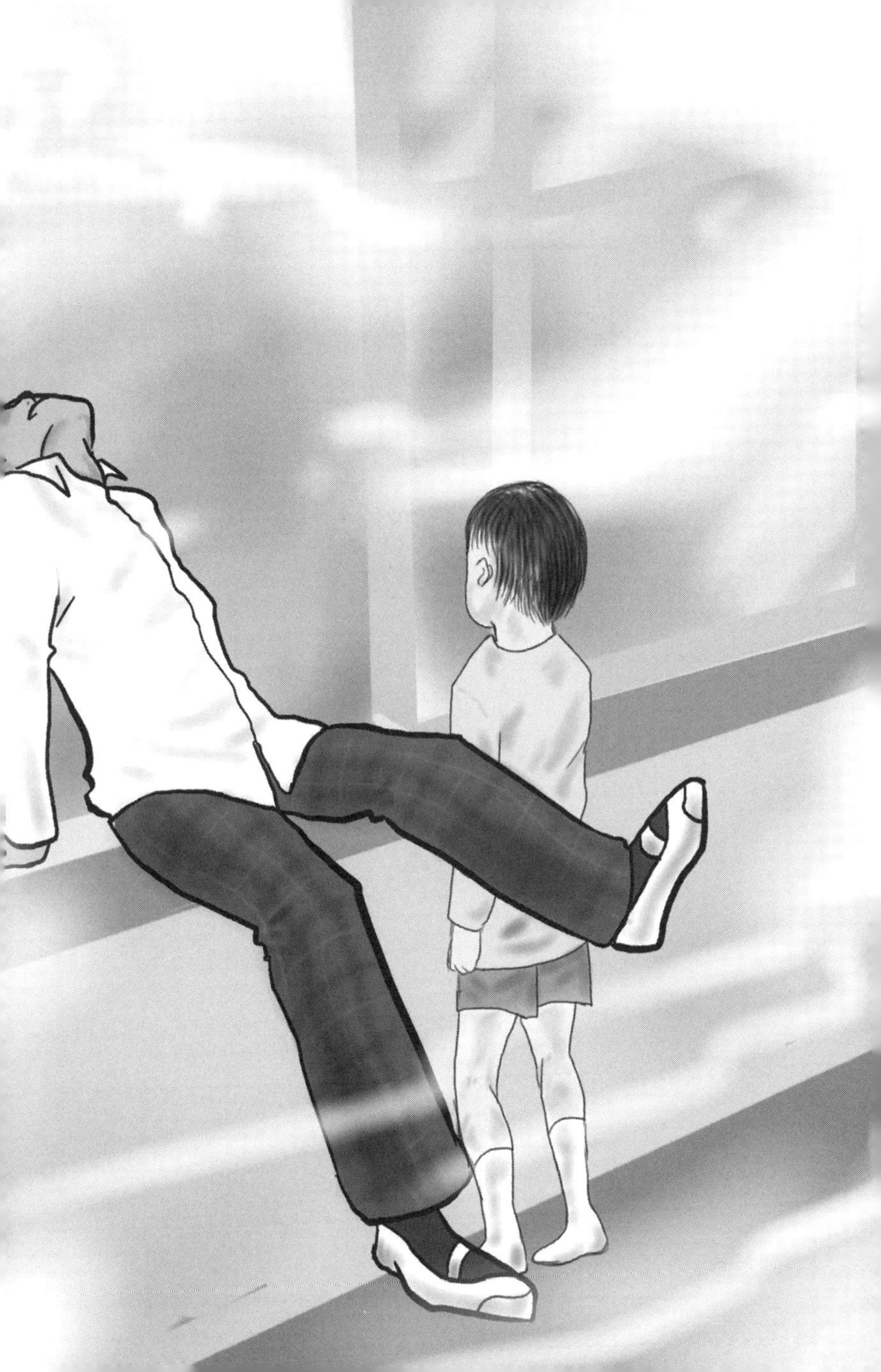

外側へ出た。Bくんの頭と上半身は宙に浮いている。そのまま頭の重みに引っ張られるようにして窓の外へ落下していった。

Aさんは、Bくんが突然そんなことをするきっかけになるような出来事は何も思い当たらないという。

「その子、本当にいたんですかね？」

当時もそうだったが今思い返してもAさんには、そんな子供がいたのかどうかはBくんの振る舞いでしか感じられなかったという。Bくんにだけ見えていた「この子」は最後に何を欲しがったというのか、Aさんにはいまだにわからないそうだ。

弟

南埼玉郡宮代町

「ねえちゃん、おれさ、多分近いうちに死ぬかも」

U子さんの弟はそういった一週間後、自宅近くの交差点で大型トラックの左折事故に巻き込まれ亡くなった。


今から二年前の出来事だ。四十代シングルマザーのU子さんの体験談。

U子さんは離婚後、実家に戻っていた。小学校高学年と中学年の娘がいる。仕事に出ている間は両親が娘たちの面倒を見てくれるので助かっていた。

U子さんには年の離れた弟がいた。仲は良かった。三十代で独身のU子さんの弟は実家の近くにアパートを借り、一人住まいをしている。姪にあたるU子さんの娘たちをとてもかわいがってくれていた。

U子さんの弟はよく色々なことを言い当てる。子供の頃からずっとそうだ。

「今日午後雨降るから、カサいるよ」

その通りに雨が降った。天気予報では晴れの予報。実際に青く晴れ渡っていた空には雲が出る気配すらなかったのに、弟がいった通りになった。

「今日、会社でイヤなことがあったでしょ？」

「そのヒール、折れるからやめたほうがいいよ」

U子さんの弟は、見ていないはずの過去も見えるはずのない未来も言い当てた。でもそれはたわいもないことばかりだったという。


ある日曜日、U子さんは娘たちを連れて動物園に行った。U子さんの弟も一緒だ。娘たちはU子さんの弟になついている。

「みんなで写真撮ろう」

入り口をはいるとすぐ、娘のどちらかがそう言いだした。

「じゃあ、おれが撮ってやるよ」

そういってU子さんの弟はU子さんのスマートフォンを受け取り、シャッターを押す。娘たちはペンギン舎にいっては「写真を撮ろう」といい、トラを見ては「写真を撮ろう」といった。そのたびにU子さんの弟がカメラを構える。

「一緒に写ろうよ」

と姪たちにせがまれても、

「おれはいいよ」

といって、ただシャッターを押した。U子さんの弟は、写真に写るのが嫌いだ。子供のころからずっとそうだ。

サル山に来た。

「写真撮ろう」

娘のどちらかがまたいう。

「もうたくさん撮ったよ。今日はおしまい」

と、U子さんの弟はU子さんにスマートフォンを返してきた。U子さんの弟は手すりにひじをかけてサル山を眺めている。スマートフォンのカメラのアプリは起動したままだった。U子さんは何の気なしに、そのうしろ姿を写真におさめた。弟が写真に写るのが嫌いなのは知っている。ただ、うしろ姿で顔も写らないからいいだろうと思ったのだ。こうしておけば、何年後かに写真を見返した時に弟も一緒に行ったことがわかる。その程度の気持ちだった。

その日の翌日ああいわれた。

「ねえちゃん、おれさ、多分近いうちに死ぬかも」

それは「今日午後雨降るから、カサいるよ」という時と変わらぬ言い方だった。

事故はひどいものだった。悲しみの冷めやらぬ中、U子さんが事故現場に花を手向けに行くと、まだ道路には赤黒く血痕が残っていた。

それからしばらくは、葬式や弟の借りていた部屋を引き払ったりだとかに追われて過ごした。それらがひと段落した頃、U子さんはスマートフォンに保存された動物園へ行った時の写真を見返してみた。弟との最後の思い出だった。動物を前にピースをしたり、ポーズをとる娘たち。時折、笑顔のU子さんもいっしょに写っている。これらは弟が見ていた光景なのだと思うと悲しかった。こんなことなら一枚くらい四人そろっての写真を撮っておけばよかった。そんな風に思いながら、一枚、一枚写真を見ていく。すると、画面が真っ黒になった。真っ黒い写真――それは、一番最後の写真だった。

――サル山で撮った弟の写真？

胸がざわざわした。写真を撮った後にちゃんと写真が撮れているかどうか確認はしなかった。が、シャッターを押した瞬間は画面上ではちゃんとサル山と弟のうしろ姿の画像だったのはおぼえている。スマートフォンをあれこれいじって、その写真の画像の明るさなどを調整してみると、画面に色が浮かび上がってきた。その写真は真っ黒ではなかった。だが、それは弟のうしろ姿の写真でもない。そこには、赤い粘膜の中に白いキバのようなものが写っていた。

――猿の口の中？

もちろんU子さんはそんな写真を撮った覚えはない。仮にシャッターを押すとき操作を誤ってズームにしてしまっていたとしても、さすがに猿の口の中がこんなにアップで写ることはないだろう。U子さんは、弟が亡くなったのはこの写真を撮ったせいではないかと気に病んでいるという。あのサル山は心霊写真が撮れることで有名だという噂があることを後で知ったそうだ。

こんなことをいってもなんの慰めにもならないかもしれないが、本当に写真の件とU子さんの弟さんの死は関係あったのだろうか。U子さんの弟さん自身が予知した死は避けようがなかったといっては、それもまた救いがないのだろうか。ただただU子さんの弟さんのご冥福をお祈りしたい。

ループ

川越市

本当かどうか定かではないが、人身事故に遭遇した鉄道運転士は長期休暇を取れるとか、取らされるとか。「あ、ぶつかる！」と思った瞬間、自殺する人と目が合うというのは運転士にはよくある話らしい。次の瞬間には人の形をしていたものが、鉄の塊に激突し肉片と化す。その光景が目の前で繰り広げられる。さらに、運転を再開するための事故処理として、その肉片を拾い集める作業もしなければならないという。その精神的ダメージは計り知れない。それを機に運転業務から離れる人も少なくないそうだ。

さて、五年前の話である。三十代の共働きのYさんという女性の体験。

Yさんは通勤のため自宅の最寄り駅から池袋駅まで電車を使っている。Yさんはいつも先頭車両に乗っていた。

ある朝、Yさんはいつも通り電車の先頭車両に乗り込んだ。池袋行きの上り列車だ。Yさんが乗り込んだ駅を出て間もなく、踏切にさしかかる。Yさんは、電車の揺れに身をまかせて前方を見ていた。ふいに初老の男性が飛びこんでくる。Yさんは人身事故を目の当たりにすることとなった。

——目が合ってしまった。

その初老の男は飛び込んだ瞬間、Yさんと視線を交わしたという。実はYさんには霊感があるという。Yさんは、折にふれ色々なものが見えてしまう。嫌な予感がした。

さっそく、というのも変だが、次の日の朝の通勤電車でそれは起こった。電車はYさんの最寄り駅を出発した。間もなく踏切にさしかかる。昨日と同じ初老の男性が飛び込んできた。目が合う。男性が電車にぶつかり吹っ飛んだ。昨日と違うのは、電車が急停車することなく、そのまま何事もなかったように走り続けたことだ。

自殺した人は地縛霊になって自殺を繰り返すという。次の日もやはり同じ踏切でその初老の男が飛び込んできて、同じ光景が繰り返された。Yさんの憂鬱な日々が始まった。

Yさんは車両を変えることにした。先頭車両だから見てしまうのだ。

電車が出発した。例の踏切にさしかかる。先頭車両は踏切を通り過ぎた。Yさんはちょうど真ん中あたりの車両にいる。ふいにYさんの目の前に、電車をすり抜けるようにしてあの初老の男性が飛び込んできた。目が合う。電車の車体にぶつかっていないくせに、男性は空中で電車にぶつかったかのように吹っ飛んだ。逆に、先頭車両に乗っていた時より、その初老の男性が砕け散っていく細部がまざまざと見えてしまった。それ以降も、車両を変えようが時間を変えようが何をしても見えてしまう。どうやらその自殺した初老の男性は「地縛」ではなくYさんに「人縛」したらしかった。

——目をつむって気にしないでおこう。

それが唯一Yさんにできる対抗手段だった。

休日は電車に乗らなくていい。しかし、Yさんの心が休まることはなかった。なぜなら平日働いているYさんは休日にスーパーに買い出しに行くことが多いのだが、そのスーパーに行くには例の踏切を渡らないといけないからだ。

夫と連れ立って重い足取りで出かけた。ちなみに夫はYさんに霊感らしきものがあり、よくそういったものを見てしまうということは知っている。しかし、Yさんは夫に、その初老の男がYさんの目の前で飛び込み自殺を繰り返していることは言っていなかった。一時はYさんも夫によくそういう話をしていたのだが、したところで何の解決にもならないし、楽しい話でもない。かえって心配させてしまうだけなので、そういうことがあってもその頃にはいちいち話さなくなっていた。

さて、二人は踏切の前までやってきた。案の定、降りている遮断機の向こう側にあの初老の男が立っている。

――やだなぁ。

遮断機があがる。何も知らない夫は歩き出す。初老の男は動かない。Yさんはため息を一つつき、足を踏み出した。初老の男が飛び込んできた。目が合う。男は踏切の真ん中で吹っ飛んだ。Yさんは、急いで夫のもとに駆け寄った。踏切を通り過ぎてからそっと振り返る。バラバラになって飛び散ったはずのその男は、元通りの姿ですっくと立ってYさんのことを見ていた。

スーパーに着いた。Yさんは自動ドアの前に置いてあるカートを一台とる。カートを手に自動ドアをくぐった。自動ドアは二重になっている。店内側の自動ドアの向こう側に初老の男が立っていた。男は、Yさんのカートの前に走って飛び込んでくる。目が合う。Yさんのカートにぶつかり、はじけ飛んだ。果物の山や野菜の棚に男の肉片が転がった。

これはダメだ——。

Yさんは夫に話し、お祓いをしてもらったという。それ以降は平穏な日を過ごしているということだ。

泥酔

川口市

今年新卒で就職したばかりのKさんの体験談。

Kさんの職場は川口駅の近くにある。それに合わせてこの近くにアパートを借りて一人暮らしを始めた。会社までは自転車通勤だ。シルバーのクロスバイクがKさんの愛車である。

金曜日。その日は職場の飲み会があった。新入社員のKさんは先輩たちの酒の勧めをうまく断れず、飲み過ぎてしまった。それ以上にKさん自身にも明日は会社が休みだからという気の緩みもあったわけだが、その日はしこたま酔っ払った。さすがにこの状態では自転車に乗れない。しかし、愛車を置いていくわけにはいかない。やむなく自転車は引いていくことにした。ちなみに格好は、スーツにデイパックにヘルメット姿である。

愛車を引きながら歩く。道路の前方に倒れている人が見えた。スーツ姿の男性だ。酔っ払いだろうか。自転車を停め、寝ている男をのぞきこんだ。顔が赤い。口は半開き。息はしている。やはり酔っ払って眠っているだけのようだ。道路で寝ているのを放っておいても凍死するような季節でもない。Kさんは再び自転車をひいて通り過ぎようとした。すると、その男が急に立ち上がり、道路の脇の電柱に両手をついた。顔は地面の方を向いている。えずいたかと思うと嘔吐し始めた。

——うわっ、最悪だ！

その喉の奥から絞り出すような声を聞いているだけでこちらまで気持ち悪くなってくる。

——早く行こう。

そう思った時にはもう手遅れだった。男の口から大量の血液ががぼがぼと音を立てながら流れ出て、Kさんの足元の道路を濡らしていく。男はこの世のものとは思えぬ獣のような大音量の呻き声をあげた。さっき見た寝顔はどこにでもよくあるようなサラリーマン風の顔をしていたのに、今やそれは人間とは思えなかった。声だけでなく風貌まで獣と化している。その獣は再び咆哮《ほうこう》をあげるように大きく呻いた。その呻き声とともに、大きく開いた口から、さらに大量の血液が勢いよく噴射される。ゲリラ豪雨の時などによくバケツをひっくり返したような雨というが、まさにそんな感じでおびただしい量の血液をその口から噴出し続ける。それはさながら地獄絵図だった、とKさんはいう。

Kさんの足元に赤い波が打ち寄せてきた。辺りは血の海だ。その量たるや尋常ではない。Kさんの革靴とクロスバイクのタイヤが赤い波にのまれそうになる。Kさんはあわてて自転車にまたがると、猛スピードでその場から逃げ去った。何度も転んでは、もんどりうち、家に着いた時には傷だらけの血まみれになっていた。

次の日の午後。二日酔いがようやくおさまってきたKさんは、恐る恐るその現場を確認しに行った。しかし、血痕などの跡は何も見つけることはできなかった。

「あれは絶対この世のものではなかったです」

Kさん曰く、あれは霊かもののけの仕業だという。

深夜の赤信号

越谷市

越谷市内の大きなショッピングモールで働く二十代の女性Cさんの体験談。

午前零時を回っていた。やっと仕事が終わった。疲れた。疲れている時はろくなことがない。眼も疲れていたし、もはや慢性となっている腰痛もじんわり広がっていた。負の連鎖は断ち切らなければいけない。Cさんは一度ぐるりと肩を回して肩甲骨まわりのストレッチをしてから、社員専用口から外に出た。

駐車場へと回る。自動車に乗り込み、助手席にバッグを置いた。

一直線の道路を走る。この時間、走行する自動車は少なかった。

疲れていた。早く帰りたかった。道路はすいている。道路はそのまま真っすぐに続いていく。Cさんはややアクセルを踏み込み、家路を急いだ。

赤信号になった。停止線の手前で停車させる。信号を見ていて、ふと気づいた。赤く点《とも》るランプがいつもと違った。丸くない。いや、丸いことは丸いのだが、中央でタテに幅のある切れ目が入っている。なんだろう？　不思議に思った。

幅を持ったそのタテの亀裂はゆらゆらと揺れていた。揺らぐたびに、その背後で点っている赤いランプの光の形が微妙に変わる。目の疲れのせいだろうか。いや、やはり何かが赤く点る信号ランプの前で動いている。Cさんは目を凝らして見た。足だ。人間の足。赤く点る信号の上の黒い闇の中に少年の姿が見えた。少年が信号機の上に腰かけ、赤いランプの前に投げ出した足をぷらぷらと揺らしている。驚いて思わずアクセルを踏み込みそうになった。交差する車道を、青信号とはいえスピードの出し過ぎと思える速度で一台の乗用車が走り抜けていった。危なかった。

翌朝。Cさんは自宅から昨晩と同じ道を逆方向に自動車で職場に向かっていた。昨夜の少年が腰かけていた信号機に差しかかる。赤になった。停止線の手前に停める。見ると、その信号機のたもとには、花束が一つ供えられていた。

【青濁の怪】

美しい女

行田駅〜上尾駅

三十歳独身の男性会社員Sさんから聞いた話。

Sさんの自宅の最寄り駅はJR高崎線の熊谷駅である。そこから職場がある大宮駅まで通勤している。

Sさんは単調な毎日の繰り返しに飽き飽きしていた。会社と家の往復だけ。そういうと、趣味でもつくればといわれるが、これといってやりたいこともない。無理してやったところで楽しくもないだろうし、どうせ続かないだろう。そんなSさんの唯一の楽しみが彼女の顔を眺めることだった。彼女といっても恋人ではない。単に名前も知らないからそう言っているだけである。

彼女はSさんが乗車する熊谷駅の隣の行田駅から乗ってきて上尾駅で降りる。七駅分の至福の時間である。Sさんが毎日会社に遅刻もせずに通えているのは、ひとえに彼女と同じ時間の電車に乗りたいがためといっても過言ではない。Sさん曰く、彼女は女優にでもいそうな正統派の和風美人だ。

そんなある日のこと。いつものようにSさんは熊谷駅からいつもの時間のいつもの電車に乗り込んだ。間もなく彼女に会えると思うと心が躍った。行田駅のホームに電車が滑り込んでいく。Sさんは、電車のドアが開くのを今か今かと見つめていた。プシューッと音を立てドアが開く。いつもの彼女が乗ってきた。が、Sさんはぎょっとする。彼女の美しい顔を男の手のひらがむんずとつかんでいたからだ。左頬から顎にかけての彼女の繊細な美しいラインを男のごつごつした手が覆い隠している。しかし、彼女は何事も無いように平然とした顔をしている。しかし、何より驚いたのは、その彼女の顔をつかむ手の先に腕はあるのだが、腕からその先はない。どう考えても尋常ではない。だが、周囲の乗客も平然としている。あの腕が見えているのは自分だけだろうか。

彼女は吊り輪につかまり、電車に揺られている。

教えてあげた方がいいのだろうか？　しかし、これまでに彼女と話したことはない。初めて話しかける話題が「男の腕らしきものがあなたの顔をつかんでいますよ」というのはいかがなものであろうか。ただの同じ電車に乗る顔見知り程度の仲の者同士が交わす会話ではない。そもそも彼女は、毎朝自分と同じ車両で顔を合わせていることを認識しているのかどうかさえ定かではない。男の腕は相変わらず彼女の顔を離さない。ふと、自分以外の人が彼女に視線を送っているのに気がついた。自分より少し年上らしいサラリーマンの男だ。それに少し離れた場所から見ている大学生風の青年もだ。二人とも目玉を丸くして彼女を凝視し、おどおどと落ち着きがない。今の自分とまったく同じだ。もしかしたら、あの二人にも彼女の顔をつかむ腕が見えているのではなかろうか。

しかし、結局Sさんは彼女に声をかけることができず、上尾駅で降りていく彼女の背中を見送るだけだったという。サラリーマンの男も、大学生風の青年も。

その日以来、彼女をその電車で見かけることはなくなった。

しばらくしてこんなニュースが報道された。池で女性の水死体があがった。逮捕された犯人は交際していた男性で、痴情のもつれからの犯行だったという。発表された被害者の

名前は聞いたことがなかった。しかし、テレビ画面に映されていた被害者の顔写真は、まぎれもなくあの彼女のものだった。

「あの時、ぼくが彼女に教えてあげていたら、何かが変わってたんでしょうかね」

Sさんは当時のことを振り返ってこういった。

「気がついたことがあるんですよ」

あの時、彼女をつかむあの腕が見えていたのは、彼女のことを好きだった男なんじゃないでしょうか。遠くを見るような目でSさんはそういった。自分より少し年上らしいサラリーマンの男も大学生風の青年も、そういえばどちらの顔も毎朝同じ車両で見かけたような気がするんです、と。

雨の日に

和光市

雨の日にだけ歩道橋の上で目撃される少年がいる。

彼はゆっくり近づいている。ゆっくりと、しかし確実に近づいている。


和光市郊外にある重機レンタル会社で働いている四十代の男性、N村さんから聞いた話。

N村さんが勤めているその会社は、一番近い駅からでも自動車で三十分ほどかかる。そのため社員はみなマイカー通勤だ。

会社はT字路の突き当たったところにある。会社に向かって真っすぐに伸びるその通りには、いくつもの歩道橋がかかっていた。

その日、午後を回って降り始めた雨は夕方を過ぎても降り続いていた。風はない。初秋の冷たい雨だったが、傘をさせば問題はない程度の雨だ。

N村さんはその日の勤務を終え、会社の敷地内の駐車場からマイカーを発進させた。会社の正面からまっすぐに伸びる比較的大きめのその通りは、朝夕の通勤時には必ず渋滞し、ノロノロ運転でしか進めない。ゆっくりとしたスピードで、一本、また一本と歩道橋の下をくぐりぬけていく。

会社から数えて何本目かの歩道橋をくぐった。少し行くと、もう次の歩道橋が視界に入ってくる。歩道橋の上の真ん中あたりに人が立っているのが見えた。背格好から言って子供だろう。小学校高学年くらいの男の子だと思った。

傘はさしていなかった。横を向いて、手には携帯電話を持っている。

この雨の中、傘なしじゃあ風邪をひいてしまう。

一瞬そう思ったくらいで、N村さんの注意は運転に戻った。その少年のことはすぐに忘れた。

数日後。また雨が降った。霧雨に近いような、しとしとと降る雨。

運転席でハンドルを握っていたN村さんは、「あれ？」と思った。先週見かけた少年のことを思い出した。またいる。

歩道橋の上。真ん中あたり。傘はない。携帯電話を手にした横顔。

一瞬そちらに気をとられた。が、すぐに前方に視線を戻した。さして気にするほどのことでもなかったし、実際気にならなかった。

そんなことが何回か続いた。

毎回、同じ歩道橋。同じ少年。決まって雨の降る日だった。


年を越した。雪になってもおかしくないような、みぞれまじりの雨が降る。

少年は、この雨の中やはり傘をさしていなかった。携帯電話を片手に歩道橋の上に立っている。さすがに少し気になった。しかし、何か行動を起こすほどの気持ちにはならず、そのままいつも通り歩道橋の下をくぐりぬけた。

一つ違ったのは、この日はなぜかいつもより一本手前の歩道橋にいたということだ。

それからも何度かその歩道橋でその少年を見かけた。雨の降る日の帰り道に。

半年ほどたったある雨の日、その少年はもう一本手前の歩道橋の上にいた。

その翌日、N村さんはひとり給湯室で弁当を食べていた。接客が長引き、いつもより遅めの昼休憩だ。みんなはもうとっくに食べ終わっていなくなっている。そこへ社長が弁当を持って入ってきて一緒に食べることになった。普段そんなに話す機会もないので、少し緊張する。社長はたわいもない話をニコニコと穏やかに話しながら弁当を口に運んでいる。何を話していいものか困ったN村さんは、ふと昨日も見かけた歩道橋の少年のことを思い出し、話題にした。

「それで、その少年の立っている歩道橋が、どんどん手前に近づいてきてるんですよ」

社長が、すっと真顔になる。

「あの……、どうかしました?」

「いや、何でもないよ」

社長は違う話題をまたニコニコと話し始めた。

それから数か月、数年かけて、雨の日に傘をささずに携帯電話片手に歩道橋の上に立っている少年は、一本、また一本とゆっくりと近づいてきている。

間もなく会社を出てすぐの最後の歩道橋に行きついてしまう。その後にはどうなるのか、N村さんにはまったく想像がつかないという。

雨の日に　その後

和光市

「その少年ならもう歩道橋の上にはいませんよ」

そう教えてくれたのは、N村さんの後輩にあたるO田さんだ。O田さんは三年ほど前にこの重機レンタル会社に転職してきたそうだ。

あれから数年が経っていた。この日N村さんは営業先からまだ戻っていないとかで会えなかった。

社屋は二階建ての鉄筋コンクリート造の建物だった。一階が社員のフロアで、二階に社長室などがある。

O田さんは声をひそめてこう教えてくれた。

業務上社長の決裁が必要な場合、社員は書類を持って社長室に行かねばならない。しかし、雨の日はみな、社長室に行きたがらないという。

夏の夕立だろうか。建物の外で急に激しい雨が降りだした。

O田さんは、「あ、降り出しましたね」と窓の外をちらりと見て、こちらに視線を戻す。

「今行けば、会えると思いますよ?」

そういって、指し示すように黒目だけを天井に向けた。O田さんが転職してきたころにはすでにそうだった。雨の日には、二階の社長室の社長の椅子のすぐ横に、あの少年が社長を見下ろすように立っているという。

帰りはO田さんに最寄り駅まで送ってもらった。N村さんは元気で、間もなく定年を迎えるということだ。

妖怪ぶるぶる

さいたま市（旧浦和市）

妖怪に「ぶるぶる」というのがいる。漢字では「震々」と書く。鳥山石燕《とりやませきえん》の妖怪画集『今昔《こんじゃく》画《が》図《ず》続《ぞく》百鬼《ひゃっき》』に描かれている女の姿をした妖怪だ。

『今昔画図続百鬼』によると、恐怖を感じた人間がぞっとするのは、この妖怪ぶるぶるが人間に取り憑くためだとある。別名「臆病神」「ぞぞ神」とも呼ばれる。

五十代会社員のAさんが体験した話。

Aさんはある日檀家になっているお寺の住職に呼ばれた。今後の墓の管理についてとか、そんな話だ。この住職というのはAさんとは中学までの同級生で、それなりに気心の知れた仲である。

Aさんがお寺に着くと、玄関を入ってすぐの四方がふすまになっている畳敷きの部屋に通された。この部屋は、檀家さんや客人を通す応接間として使われている部屋だ。

「今、お茶入れてくるから」

と、住職自らお茶を入れに席を立つ。

今しがたAさんが開けて入ってきた玄関に近い側のふすまから見て、正面にあるふすまを開けて出ていった。そこは廊下になっている。ちなみに左右のふすまを開けると、どちらも畳敷きの和室だ。

何をするでもなくぼんやりと待っていた。住職は何をしているのか、なかなか戻ってこない。あくびを一つした。

すると、向かって左側のふすまが音も無くすーっと開いた、ような気がした。実際に開くところを見たわけではない。しかし、見ると、さっきまでは確かに閉まっていたはずのふすまが少し開いている。「あれ？」と思う間もなく、その少し開いたすき間から真っ白い女が入ってきた。

白い髪。白い肌。白い着物。

とにかく全身真っ白い女が、滑るようにすーっと移動していく。足があったかどうかはわからない。が、地面から少し浮いていたような気がする。そのまま部屋の角をななめに横切って、開いている正面のふすまから出ていった。

——何かの見間違いか？

Aさんはひざに手をついて立ち上がった。女が出ていった正面のふすまに歩み寄る。開いているふすまから顔だけ出し、女が消えた方を見た。何もいない。

——やっぱり見間違い、か。

そう思いきびすを返そうとした時、右足首に衝撃を感じた。指だ。何者かの指が突然足首を強く握ったのだ。電気が突き抜けたようなしびれが、右足首から太ももを伝い、胴体を通り、脳天まで響く。叫び声をあげようとした。が、そのあげようとした分の息をひゅっと飲み込んだまま、のどが締まった。息ができない。逃れようにも体が動かない。呼吸ができないのとしびれとで、体が小刻みに震え始めた。

「おっ、おいっ」

廊下の奥からようやく戻ってきた住職。異変に気付き、駆け寄った。住職がかかえこむようにAさんの体をつかむと、Aさんの右足首をつかんでいた手の感触がふっと消えた。息ができるようになり、Aさんは何度か浅い呼吸を繰り返す。そのまま住職に抱きかかえられるようにして、床に座り込んだ。

一息ついてようやくAさんは今起こったことを住職に話した。住職は腕を組み、黙り込んでしまう。今日はもう話しをするどころではないということで、Aさんは日を改めることにした。

「送ろうか?」

「いや、もう大丈夫。明日、車ないと困るからさ」

Aさんは自分が運転してきた自家用車で帰ることにした。なんとか体調も回復したし、自動車なら自宅までほんの数分の距離だ。下手に送ってもらって車をお寺に置いていく方が面倒だ。

「気をつけてな」

「ああ」


お寺を出て左に行くと車道に出る。右は溜め池へと続く山道だ。

Aさんは左に曲がる。大通りをまっすぐ走った。

正面にまばゆい光が見える。検問の明かりだ。いつの間にか日が暮れていた。

誘導灯に従い、停車させた。運転席の窓を開ける。飲酒運転をしていないか確認するためのアルコールの呼気検査だという。

「息をふーっと強く吐いてください」

Aさんは躊躇した。そう言って顔を近づけてきたのが、まだ若い婦警さんだったからだ。

「お急ぎのところ申し訳ありませんが、ご協力お願いします」

と畳みかけられる。まぁ向こうも仕事なのだから、とAさんは息を吹きかけるために口をすぼめた。すると、突然青いもやもやとした煙のようなものが、今まさに息を吐きだそうとすぼめているAさんの口にするりと滑り込んでくる。あっ、と思った時には、先ほど寺でやっとの思いで解放されたばかりの苦しみに襲われた。電気が走るような衝撃が、脳天から胴体を通り、つま先まで突き抜ける。

とっさにサイドブレーキに手を掛けた。

先程と同じであるなら、この後に体が動かなくなるかもしれない。今踏んでいるオートマティック車のブレーキから右足がはずれたら自動車が前進してしまい、事故を起こしてしまうのではと思ったからだ。しかし、すでにしびれ始めていた腕にはうまく力が入れられない。息ができない。Aさんは運転席のハンドルに前のめりにうずくまった。

Aさんは目を覚ました。寒気にぶるっと身が震えた。見ると、足元が水に浸かっている。山道を行った先の溜め池に自動車ごと突っ込んでいた。開いた運転席側の窓から水が入ってきている。あわてて窓から逃げ出した。

そのあとは警察を呼んだり、クレーン車で自動車を引きあげたりと大変だったという。ちなみにAさんの自動車のサイドブレーキは引かれていなかったそうだ。

Aさんは、あの日間違いなく左に曲がって帰途につく車道に出た。なぜ右にいった山道の、しかも溜め池に落ちていたかはわからない。あの時、Aさんの口に入り込んできた青いもやもやとした塊はなんだったのだろうか。断定はできないけれど、あの青いもやもやは婦警さんの口から出てきたような気がする、とAさんは語った。

後日、Aさんは住職から謝罪を受けた。

「これのせいかもしれない」

と言って見せられたのは、妖怪画の掛け軸だった。

白い髪、白い肌、白い着物。人間の女のような姿をした妖怪ぶるぶるが描かれていた。あの日、Aさんが寺で見た白い女と似ているような気がしないでもない。居住スペースとして使っている方の部屋の板の間に掛け軸として飾っていたそうだ。しかし、これまでは特に問題は起こっていなかったという。

「なんでお前だけ？」

と住職は首をひねったが、もちろんAさん自身にも思い当たることはない。妖怪ぶるぶるに嫌われたのか、はたまた好かれてしまったのだろうか。それとも単に、寺の中で歩き回るその姿を偶然見てしまったがためであろうか。

ちなみにどういった経緯でその掛け軸を手に入れたのか、住職は多くを語らなかったという。

打ち上げ霊魂

三郷市　江戸川

当時二十代の会社員Y美さんの体験。

Y美さんは地元の花火大会を子供の頃から毎年楽しみにしていた。江戸川をはさんで、埼玉県三郷市と千葉県流山市が合同で行う花火大会だ。三郷花火大会と流山花火大会はそれぞれ中規模の花火大会なのだが、合同で行うことでかなり見応えのあるものとなる。合わせておよそ一万発以上の花火が打ち上げられ、十五万人近くもの人出で賑わう。

「今年も浴衣、着てくでしょ?」

Y美さんは毎年幼なじみの友人と一緒に行く。浴衣を着ていこうと示し合わせていた。

紺地の浴衣を着ていった。赤やピンク、黄色や紫の彩り豊かな打ち上げ花火の柄だ。

有料席もあるが、Y美さんたちは河川敷にレジャーシートを敷いて陣取った。出店で買った焼き鳥やフランクフルトをさっそく広げる。まだ花火が上がってもいないうちからビール片手にほおばっていると、音が聞こえた。打ち上げ花火特有の大玉が空へと昇っていく音だ。一発目の花火が大音量を響かせ、夜空に大輪の花を描く。

Y美さんの自宅はここからさほど離れていない。二階のベランダからこの打ち上がる花火を眺めることができる。しかし、臨場感が違う。Y美さんは必ずこの会場に足を運んだ。またひとつ火の玉が空へ昇っていく。一瞬の静寂の後に、空気を震わせながら大きく花開いた。

一緒に行った幼なじみとはすぐ近所に住んでいる。が、お互い就職してからは滅多に会わなくなっていた。こんなにはしゃぐのは久しぶりだ。

途中トイレに立ったり、ビールやつまみを買い足した。ずっと座っているのもかえって足やお尻が痛くなる。途中からはレジャーシートを片づけ、プラプラと土手を歩いた。おしゃべりを楽しみ、花火を眺める。

花火大会の最後のフィナーレは、大玉の花火が次々と上がり圧巻だった。

翌日も仕事は休みだった。Y美さんは昼過ぎまでダラダラと寝て過ごした。普段着なれないものを着たせいか、なんだか肩が凝っている。午後も何をするということもなく過ごした。やったことといえば、下駄の鼻緒で指と甲にできた靴ずれに絆創膏を貼ったぐらいだった。

しかし、夕飯も食べ終わった段になって財布がないことに気づいた。

昨夜浴衣に合わせて持っていった和装用のかご編みのバッグをひっくり返す。その中に入れっぱなしになっているはずが見当たらない。普段仕事に行くときに使っているカバンに財布や化粧ポーチを入れ直そうとして気づいたのだ。どこかで落としてしまったのかもしれない。

焦ったY美さんは、家を飛び出した。

「ちょっと探しに行ってくる！」

まずは最寄りの交番に向かう。が、残念ながら届けられてはいなかった。Y美さんはその足で江戸川の堤防へと急いだ。堤防の雑草は夏の今、緑も色濃くかなり生い茂っている。

高い草丈に隠れ、誰にも発見されずに落ちたままになっているかもしれない。

辺りは真っ暗で、昨日の花火大会の賑わいは嘘のように静かだ。こんなに真っ暗では探しようがない。昼の明るいうちならまだどうにかなったかもしれない。こんなことなら日中ダラダラと過ごさずに早めにカバンの中身を確認しておけばよかった。そう悔やんでも、もう遅い。

昨日陣取った辺りに目星をつけ探そうとした。が、会場のテントや出店など目印となるものがない今は、正確な場所までは見当がつかない。途方に暮れた。現金は致し方ないとしても、銀行のキャッシュカードや身分証明書の類も入っている。だだっ広い堤防の、ここらと思しき辺りを闇雲に探した。

トイレや出店が設置されたのはどの辺りだったか。レジャーシートをたたんだ後、どっちに向かって歩いたか必死に思い出そうと試みる。こんなことなら、あんなにあちこち歩きまわらなければよかった。目印も何も無い土手をY美さんはスニーカーの足で長く伸びた草をかき分け、財布を探しながら歩いた。辺りは黒い闇が広がるばかり。昨夜の賑わいが嘘のように静かだ。時折、夜のウォーキングや犬の散歩をする人が通り過ぎていく。財布は見つからない。

もしかしたら、交番ではなく花火大会の本部のようなところに落し物として届けられているのかもしれない。そこに問い合わせてみたらどうか。そう思い当たり、ふと光明が見えたような気がして顔をあげた。その時、江戸川の対岸に大勢の人がいるのが目に入った。皆ずらりと並んで、川面を見つめている。

いっせいに空を見上げた。

また川面に視線を落とす。

いっせいに空を見上げる。

——なんだろう？

まるで、昨夜の花火大会のようだ。しかし、辺りはシーンとしている。花火大会どころか家族連れや若い子たちが市販の花火を楽しんでいるわけでもない。

Y美さんも彼らの視線につられて川面に目をやった。

すると、奇妙なものを見た。川の中から透明な人型のものが上がっていくのだ。まるで川の底から湧き上がるように、だ。透明ではあるが、その周りを水が伝うせいか、形がわかる。人の形をしているが、足はない。よくイラストで描かれるオバケのように、足元はつるんと先細りの形になっている。それは音も無く次々と不規則に空へと勢いよく昇っていく。

——幽霊の打ち上げ花火？

堤防にずらりと並んでいる人を見た。皆、何の感情も浮かばせず無表情だ。ただ天へと打ち上がる霊魂に合わせて首の上下運動を繰り返している。

辺りは真っ暗だ。この次々と打ち上がっていく霊魂や対岸の人影がこんなにはっきり見えるはずがない。どうやら、それらは、ほの白く発光しているようだ。Y美さんはようやく、整然と並んで静かに打ち上げられる霊魂を眺めているこれらの人々も、この世のものではないと気づいた。

幽霊が打ち上がる霊魂を眺めている。

Y美さんは不思議と怖さを感じなかった。昨夜の花火大会で腹の底に振動を響かせながら打ちあがる大輪の花火を眺めている時と同じような心持ちで、次々と空へと打ち上げられるように昇っていく霊魂を見ていた。

すると、打ち上がる間隔が短くなった。速度が増し、何十体もの霊魂が続けざまに昇天していく。まるで花火大会の最後を飾るフィナーレのようだ。

辺りがシーンとなった。

——これでおしまい？

最後まで見届けた達成感のようなものすら感じる。空を見上げていた顔を下ろしてY美さんはギクリとした。対岸のものたちが皆こちらに向かって同じ角度で首をひねり、Y美さんのことを真っすぐ射るように見つめていたからだ。毛穴から冷たい汗がどっと噴き出た。

Y美さんは背中に視線を感じながら、慌ててその場から逃げ帰ったそうだ。

それからも、毎年Y美さんはその花火大会に出かけているという。ただし、万が一財布を落としてもいいように、最低限の小銭だけを持って。花火大会の翌日に、あの堤防に足を運ぶことにならないようにだけは気を付けているそうだ。

ちなみに、Y美さんは千葉県流山市に住んでいる。打ち上がる霊魂を眺めていた人々がいたのは、江戸川の対岸、埼玉県三郷市側だったということだ。

朱い池

ふじみ野市

立派な日本家屋。中庭には石灯籠。池には朱い鯉が数匹と少女の水死体。書道教室はその池のある家で開かれていたそうだ。

十五年ほど前のことである。当時三十代後半の専業主婦のHさんに聞いた話。

Hさんには娘がいる。この春小学校に入学したばかりだ。名前はIちゃん。小学校入学を機に何か習い事を一つさせようということになり、近所の書道教室に通い始めた。そこは大きくて立派な日本家屋の中の一室だった。その家の主婦であり、書道を教えてくれるT先生はHさんより少し年上だったが、Iちゃんと同い年の娘がいる。その子はSちゃんといった。ふたりはクラスは違うが同じ小学校に通う同級生ということで、子供同士すぐに仲良くなった。

Iちゃんは週に二回、その書道教室に通った。SちゃんもIちゃんがくるのに合わせていっしょに教室で練習した。長机に座って半紙に字を書き、一番前にいる先生のところに持っていく。すると、先生が朱色の墨でマルをつけてくれたり、よくないところを直してくれる。Sちゃんは花マルばかりもらったが、Iちゃんはなかなかマルがもらえない。

「はい、直してください」

いつも先生にハネやハライを朱色の墨で直されていた。だが、習字のお直しのことよりも、早くこれを終わらせてSちゃんと遊びたくて仕方ない。実際に習字の後は、IちゃんはSちゃんと遊んだ。雨の日はSちゃんの部屋で遊んだりもしたが、たいていは庭に出て遊ぶ。ふたりは、

「池のそばには行かないでください」

と先生に釘を刺されていた。そんなに深い池でもなかったが、ついこの間までは幼稚園児だったふたりだ。落ちたら危ないからという当然の理由だ。ふたりは池のそばでは遊ばないようにしていた。

ところがある日、その池でSちゃんの溺死体が見つかった。その日はIちゃんが書道教室に通う日ではなかった。実際なにがどうだったのか、Hさんたちには詳しいことはわからない。不審死ということで警察の調べも入ったらしい。その後、特にどうということもなかったので、おそらく事故死ということで落ち着いたのではないだろうか、ということだ。

Hさんは Sちゃんの葬式に参列した。Sちゃんの母親であるT先生はかなり憔悴していた。もちろんHさんにもその気持ちは痛いほどわかる。まだ小学一年生のIちゃんには仲の良かった友達の葬式に行くのはショックが大きすぎるだろうと連れて行かなかった。ただ当時Iちゃんは、

「どうしてSちゃん、お池に入っちゃったの？　池のそばには行かないでくださいって、先生が言ってたのに」

とHさんに言っていたそうだ。

そのまま書道教室は休業された。無理からぬこととHさんは思っていた。しかし、ひと月ほどしてまた教室は再開される。Hさんとしては、もうIちゃんを通わせなくてもよい

と思っていた。Iちゃんは喜んで通っていたが、それは習字よりもSちゃんと遊ぶのを楽しみにしていたからだ。Sちゃんが亡くなった今、そこに通うのは逆にはばかられた。しかし、Iちゃん本人が「行く」と言って譲らない。気の進まなかったHさんは、Iちゃんにその理由をたずねた。が、Iちゃん自身もうまく言葉で説明できないようだったが、とにかく「行く」と言い張った。

書道教室が再開された月の月末に、Iちゃんが月謝袋を持って帰ってきた。この袋に翌月分のお月謝を入れてまた持っていくのだ。

「Iちゃん、本当にお習字続けるの？」

「うん、行く」

とIちゃん。Hさんには何がIちゃんをそうさせるのかはわからなかった。

お月謝袋の中には手紙が入っている。毎月こうやって翌月の連絡事項を書いた用紙が入れられているのだ。しかし、Hさんは月謝袋からその用紙を取り出す時点で違和感を覚えた。いつもと紙が違う。開いて驚いた。朱の文字。いつもだったらワープロ文字が打たれたコピー用紙なのに、今回はわざわざ和紙の便せんに朱色の墨文字で翌月の持ちものなどが書かれている。Sちゃんの事故死により教室をやめた生徒も多かった。教室に通う人数が少なくなったので印刷せずに手書きにしたのだろうか。Hさんはそんな風に理由をこじつけて考えた。その翌月も朱書きのお便りだった。Hさんは、なんとはなしに不穏な空気を感じていた。

「Iちゃん、お習字もうやめにしない？」

「やだ、行く」

相変わらずIちゃんは言い張る。だが、Iちゃんはこの日を限りに書道教室には行くことはなかった。T先生が亡くなったからだ。娘が亡くなったのと同じ池の中で亡くなっているT先生の遺体が見つかった。倒れた石灯籠の下敷きになっていたそうだ。もちろんHさんもIちゃんもこの現場は見ていないので、それ以上の詳しいことはわからない。

Hさんは T先生の葬式に出向いた。Iちゃんも一緒だった。Hさんは連れていく気はなかったのだが、Iちゃんが執拗に「行く」といって聞かなかったからだ。HさんとIちゃんはお焼香をすませて参列者の席に座る。お坊さんがお経を唱えていた。するとIちゃんがブツブツと小さな声で何かつぶやいている。

「しーっ。静かにしましょうね」

とHさんはたしなめた。しかし、Iちゃんが何事かをつぶやく声はますます大きくなる。

Iちゃんはガタンとイスをけって立ち上がり、前方へ向かって歩き始めた。

「Iちゃん！」

周りの人もみな驚いて、大きな声を出したHさんと前へと歩いていくIちゃんを見ている。おそらくお坊さんも気づいただろうが、何事も無いようにそのまま読経は続く。Iちゃんは供花された花輪や生花が並べられている方へふらふらと歩いていく。Iちゃんはそのうちのひとつを人差し指で指さした。

「直してください！　直してください！」

Iちゃんが先程からブツブツと唱えていた言葉。それを大声で何度も繰り返す。Iちゃんが指さした供花の芳名名札は確かにそれひとつだけ他のものとは違って、おかしかった。

それには、亡くなったSちゃんの名前が書かれていた。朱色の墨で。

「――してください」というのは、生前のT先生がよくしていた言い方だ。その時のIちゃんの口調はT先生によく似ていたように思う、とHさんは振り返る。すでに亡くなっているSちゃんの名前が朱書きされていたことも、IちゃんがT先生の口調で「直してください」と叫び続けた理由も、Hさんはいまだにわからない。それにSちゃんが池で溺死した理由も、T先生が同じ池の中で石灯籠の下敷きになって亡くなっていたわけも。

その後、町内でこんな噂はいくつも聞いた。T先生とその夫は夫婦仲が悪くケンカが絶えなかった。T先生は育児ノイローゼ気味だった。Sちゃんは実はT先生に殺されたのではないか。あるいは、T先生の夫が犯人かもしれない。

しかし、真相はよくわからないままだ。

今は成人している娘のIちゃんと、それ以降この話をしたことは一度もないそうだ。

「多分忘れてしまって、Iはもう何も覚えていないと思います」

そう、それが一番いいのかもしれない。そうして嫌な記憶は池の中にしずめてしまうのが。

疑いの目

さいたま市（旧浦和市）

とある私立高校のプールで、その学校に通う女子高生Cさんの水死体が見つかった。外傷などはなかったため、警察の調べでは事故死として処理された。しかし、Cさんの死は同級生のJ子さんが原因ではないかと周囲の者は疑っていた。

今から三十年ほど前の話だ。「あんまりいい思い出じゃないんですけど」と、A美さんが話してくれた出来事。

当時、女子高生のA美さんは、私立のスポーツ強豪校に通っていた。A美さんは、あるスポーツの強化選手にも選ばれており、オリンピックも視野に入れて日々の練習は厳しかった。J子さんとCさんは、A美さんの同級生であり、同じスポーツの強化選手でもある。

必然的に何かと三人はいっしょになることも多かった。

J子さんは気が強かった。みんな、なんとなくJ子さんには逆らえないような雰囲気があった。J子さんは派閥のようなものをつくり、気に入らない子を孤立させ執拗ないじめを繰り返していた。標的になったのはCさんだった。

部活が終わり、Cさんがトレーニングウェアから着替えようとすると、制服がない。

「あんたの制服ならさっきプールで見たわよ」

J子さんの言葉にCさんが屋内プールへ見に行くと、プールの真ん中にCさんの制服が浮かんでいる。そんなことが日常茶飯事だった。J子さんに逆らえないような雰囲気――というよりは、逆らったら次は自分が標的になる。そう思うと誰もJ子さんに逆らえないのだった。抑止する力が何も働かないまま、Cさんへのいじめはどんどん陰湿化していく。

「そのまま取りに行ったら、今着てる服まで濡れちゃうでしょ」

そういって、Cさんを全裸にしてプールに浮く制服を取りに行かせたりするまでになっていた。

Cさんが溺死体で見つかったのはそんな時である。

J子さんは疑われた。

「あの子が殺しちゃったんじゃないの？」

みな、ひそひそとささやき合った。「殺した」とまではいわなくても、Cさんの死の原因はJ子さんにある。そんな疑いの目は消えようがなかった。学校側はいじめの存在を否定してはいた。責任逃れのためか、当時はいじめが認められにくい風潮ではあった。

「私はやってない！」

J子さんがいくらそう訴えても、J子さんを疑う空気は消えない。今度は一転してJ子さんがいじめの標的になった。A美さんはJ子さんに相談を受けた。

「私、本当にやってないのに、どうしてみんな私のこと疑うの？」

A美さんは話を聞いてあげることくらいしかできない。

「親も私がやったんじゃないかって」

J子さんはA美さんにそう漏らした。親からさぐるようにCさんとのことを聞かれ、しまいには「本当はあんたがやったんでしょ」と問い詰められたという。学校でも家でも疑われ、J子さんが心休まる場所はなかったのだと思う。そんな風にA美さんは語った。

しだいにJ子さんは過剰に人の目を気にするようになった。誰が何を話していても、すべて自分のことを話しているのじゃないか、と目をギョロつかせてビクビクしている。

「昨日こんなことがあったの」

そんなある日、J子さんが真っ青な顔でA美さんに告げた話はこうだ。

夜に自分のベッドで寝ていたら、息ができなくなって苦しくなった。ゴホゴホと咳きこんで目が覚めたら団地の中の噴水で目が覚めた。水も飲んでしまっていてもう少しで死ぬところだった、という。

A美さんの気をひこうとしてJ子さんは嘘をついているのではないか。A美さんはそう思ったそうだ。何も答えないA美さんにその空気を察したのか、

「私のいうこと、疑ってるの？」

とJ子さん。

しかし、さらにその二日後にはまたこんなことをいってきた。

「昨日、誰かに襲われた」

夜、お風呂に入ろうとしたところ突然誰かに背中を押された。頭を打って気絶し、お湯

の中でおぼれかけたのだ、という。

　J子さんはさらにおかしなことを言いだす。

「Cの幽霊が私のことをずっと見張ってるの」

　寝るとCが自分を殺しに来る。だから一睡もできない。座っていると眠ってしまうから
ずっと立っている。それでも眠りに落ちそうになるので、針でつついて目を覚ましている
のだ。そう語気を強めるJ子さんの目はすわっていて、その様子は尋常ではない。

「ぜんぜん寝てないの？」

　とA美さんが問うと、

「疑ってるの？」

　と、J子さんは上目遣いにA美さんの目を——A美さんの心の中を覗き込むように見つ
めてくる。すると、A美さんを見つめるJ子さんの目がわななくようにゆっくりと大きく
見開かれた。その瞳の中に怯えが走る。

「来た！」

「来たって、何が？」

「Cよ！　Cが私を殺そうと追いかけてくる！」

J子さんは意味不明のことを叫び始めた。

「来るな！　こっちに来るな！」

手当たり次第に物を投げつける。包丁を持ち出して振り回す。もう手のつけられない状態だ。A美さんは、J子さんを落ち着かせようとこういった。

「Cさんはここにはいないよ」

J子さんはA美さんにぐいっと顔を近づけ、目を下から覗き込む。

「どうして？　私のいうこと、疑ってるの？」

J子さんはそのまま精神病院に入院したらしいということだ。A美さんはそれ以来J子さんには会っていない。

不透明

蓮田市　元荒川

元荒川は透明度が低く、水底は見えない。


女子高生のEちゃんの体験。

Eちゃんの自宅の最寄り駅はJR蓮田駅である。蓮田駅からEちゃんの家までは歩いて帰れない距離ではない。が、元荒川の橋を越えて、それなりの距離を歩かなければならない。

Eちゃんはその日、四月のクラス替えでできたばかりの新しい友達と初めて渋谷に遊びに行った。透明感のあるショッキングピンクのショルダーバッグを肩からななめ掛けにしていた。買ったばかりの新品で、ポリ塩化ビニール製で中身が透けて見えるクリアタイプのバックだ。なんとなくプールや浮き輪を連想させる。肩ひもを長めにして、お尻を隠すように掛けるのがEちゃんのこだわりだ。

新しい友達。初めての渋谷。楽しくて、「もう少し、あと少し」とつい帰る時間を先延ばしにした。

ようやく蓮田駅まで戻ってきた。すでに門限の午後九時を回っている。夜道を急ぎ足で帰っていた。

月は出ていたが、駅からの道は暗かった。

街灯は、ポツン、ポツンとある程度。

駅から離れると元から少ない人通りはすぐになくなり、一人になった。

たまに車がヘッドライトで暗がりを丸く照らしながら、通り過ぎていく。

歩く速度は自然と早くなった。

この辺りは特段治安が悪いわけではない。痴漢やひったくりが出たということも聞かない。が、やはりひとり夜道を歩くのは心細い。

速足で歩くと、肩からななめ掛けにしたショルダーバッグが足を繰り出す動きに合わせて弾んだ。

歩くうちに体の前側に回ってきてしまう。

バッグを掴んではお尻側に戻しながら歩いた。


ようやく元荒川の橋まで来た。

夜の川は黒く、なんだか怖い。

そう思ってしまったら、なおさら怖くなって小走りになった。

急ぎ足で橋を渡った。

太ももの前面に、弾んで前にきてしまったバッグが打ち付けられる。

邪魔になって歩きづらい。

バッグを掴んではお尻側に戻す。そのまま歩調を緩めることなく橋の上を進んだ。

もう少しで橋を渡り切るという時、自動車が一台、Eちゃんを追い抜いていった。

ヘッドライトの光が、黒い闇の中にショッキングピンクのビニールバッグを鮮やかに浮かび上がらせる。

ショッキングピンクのバッグが弾み、また体の前側にきた。

太ももにぶつかる。

苛立たしくバッグを両手で掴んだ。

Eちゃんは短く叫び声をあげる。

咄嗟に肩ひもごと外してバッグを投げ捨てた。

Eちゃんが両手で掴んだそれは、ビニール製のバッグの乾いた手触りではなかった。

それはびしょびしょに濡れた男の頭だったという。

濡れてべっとりと頭皮に張り付いた髪の毛の感触に間違いなかった。

濡れた生首をつかんだ形のまま、こわばった手を下におろすことができない。

恐る恐るその物体を投げ捨てた方を見る。

街灯の下で照らし出されていたのは、ショッキングピンクのビニールバッグだけだった。

それ以来、そのビニールバックは使っていないという。

後日調べてみると、元荒川で男性の水死体があがったという新聞やネットの記事をいくつか見つけた。

これらの記事の水死体と、Eちゃんが遭遇した男の濡れた生首が関係あるのかはわからない。あるいは、いまだ発見されず水底に沈んでいる別のモノの仕業なのかもしれない。

それらのうちの一体が、水面に這い上がろうと、Eちゃんのショッキングピンクのビニール製のバッグにしがみついたのだろうか。浮き輪か何かと間違えて。ひとつ良かったと言えるのは、それが川から岸に上がろうとしたことで、Eちゃんの方を水底に引きずり込まなかったことだろう。

ふと、別れ際にEちゃんが言った言葉が気にかかった。

話したことですっきりとしたのか、Eちゃんは今どきの子らしくサバサバとした調子でこう言っていた。

「このバッグ、明日からまた使おうかな」

元荒川は透明度が低く、水底は見えない。

【灰燼の怪】

黒い家と鍋

蓮田市

横浜在住の四十代の男性、Tさんの体験談。今から八年ほど前の出来事で、蓮田市内のアパートに住んでいた頃のことだ。Tさんはあることに悩まされていた。

ある日のことだ。

——鍋がない。

インスタントの袋麺を片手にTさんは立ち尽くした。直径十八センチほどの片手鍋で、Tさんがインスタントラーメンを作るのに重宝している愛用の鍋だ。たいていはコンロの上に置きっぱなしにしてある。洗った直後は水きりカゴの中にふせて入れてある場合もあるが、そこにもない。シンク下の物入れに片づけるなんてことは普段しないが、いちおう扉を開けその中も見てみた。やっぱりない。

最近、物がなくなる。ベランダの物干し用のサンダル。読みかけの文庫本。寝巻き代わりに着ていたTシャツ。めったに使わない折りたたみ傘。下駄箱の上に飾ってあった沖縄土産のシーサーの置き物。数え上げればいくらでもある。もしかしたら気づいていないだけで、他にももっとなくなっている物もあるかもしれない。

——泥棒？

そう思って部屋の中や周囲を調べるが、誰かに侵入された形跡はない。オートロックなんてしゃれたものはついていないが、いちおう普段はきちんと戸締りしている。ドアや窓のカギが壊された形跡もなければ、物色されたような感じもしない。最初の頃は自分の勘違いか、誤って捨ててしまったのか、などと思っていた。しかし、もう思い過ごしではすまされないレベルにまできている。

——なんなんだ、いったい。

空腹を満たせないイラ立ちも手伝って、Tさんは腹が立って仕方なかった。

しばらくしたある日、Tさんは用事があって家を出た。Tさんのアパートから歩いて十

二、三分のところに、オカルトで有名なスポットがある。その前を通った。
そこは一軒家で、壁が黒く塗りつぶされた異様な家だ。一面に白いペンキで落書きがしてある。それは意味不明な文字の羅列で恨み言のような物が多い。家の中まで見えている箇所があり、中はゴミ屋敷のように物が散乱していた。そんな家でも人は住んでいるのか、Tさんがたまに通りかかると家主と思しき初老の男性を見かけることがある。中を片づけようという気はあるらしい。見かける時はいつも荷物の整理や片づけをしていた。うっかり立ち止まってその様子を見てしまった時がある。すると見られていることに気づいたのか、家主が顔をあげて視線があってしまった。その時は、はっとして視線をそらし、そそくさと立ち去ったのだ。

その黒い家の前まできた時、Tさんの目にあるものが飛び込んできた。

——あの鍋！

建物の手前にある縁側の上にTさんの物と思しき片手鍋が置いてある。名前が書いてあるわけでもなし、鍋なんてどれも似たようなもの。しかしTさんは底の焼け焦げ具合といい、使い込んだステンレスのくすみ具合といい、自分の鍋で間違いないと思った。それによく見ると、その縁側に並べられているがらくたのような品々はすべてTさんの家からなくなったものだ。

——なんでこんなところに……。

辺りを見回した。家主の姿はない。今のうちにとばかり敷地内に侵入した。縁側に近づく。改めて見ても間違いない、Tさん宅から消えた品々だ。それに、押し入れに入れっぱなしのはずの季節外れのどてらや、最後にいつ使ったのか覚えてもいないバトミントンのセットなど、やはりなくなったことに気づいていなかった物もいくつか並べてある。

——取り戻そう。そう思い、とりあえず大事なものから背負っていたリュックに詰め込んだ。片手鍋は部屋着用のTシャツにくるみ、さらに両手に持てるだけの物を抱える。しかし、それでもほんの一部だ。アパートに戻り荷物を置くと、なるたけ大き目の紙袋を見繕ってまた黒い家へと向かう。周囲の様子をうかがいながら、荷物をリュックと紙袋に押し込んだ。それでもまだある。

三往復目、敷地をまたぎ、縁側の物に手をかけた。ふいに背筋に悪寒が走る。ハッと振り返った。辺りを見回す。家主の姿はない。自分の物を取り戻しているだけとはいえ、よその家の敷地に無断で入り込んでいるのだ。しかも見るからに異様な、オカルトスポットなんて言われているいわくつきの家だ。今さらながら心臓の脈打つ音が早くなる。手当たり次第に急いで詰め込んだ。

——早くここを出よう。

足早に敷地をまたいだ。またも背中に鋭い視線を感じる。Tさんは振り返り、視線を感じる先をたどり見上げた。

黒い家の二階から、黒い人影がこちらを見下ろしている。こちらを威嚇するようにその手には大きな刃のナタを振りかぶっていた。


Tさんは転げるようにして走って逃げ帰った。Tさんの持ち物はまだ残っていたが、それらを取りに行くのはあきらめたそうだ。

なぜTさん宅から物がなくなったのかも、そしてなぜそれらがあの黒い家にあったのかもわからない。それに、あの日二階からTさんを見下ろしていた人物は誰だったのだろう。

少なくとも、家主とは似ても似つかぬ全くの別人であったということだ。

ラブホテル

川越市

二十年ほど前の話だそうだ。現在四十代男性のＦさんが、今の奥さんと付き合っていた頃の体験談。

当時、二十代のＦさんは彼女を乗せてドライブに行った。東松山方面に車を走らせ、日帰り温泉を楽しんだ。彼女とは付き合って二年になる。川越方面に戻る際、ラブホテルに寄ることにした。お互い実家暮らしのため、デートの際はこの手のホテルをたまに利用する。前方に女性が好みそうな外観のホテルが見えてきた。

「お、あそこは？」

「いいんじゃない」

ウィンカーを出し、左折する。そこの駐車場に車を停めた。

腕を組み、二人連れ立って中に入る。Ｆさんはフロントに歩み寄った。受付窓口はアクリル板で仕切られ、内側には小さなカーテンがかけられている。受付スタッフの顔は見えない。

「ご休憩ですか、ご宿泊ですか？」

「休憩で」

彼女は少し離れたところで、なんとはなしにロビーの内装を眺めている。満足げな感じが見て取れ、ここにしてアタリだな、と思った。カーテンの下からカギが突き出される。二から始まる三桁の部屋番号がついていた。差し出しているのは中年の女の手だろうか。

Ｆさんは無言でカギを受け取った。


「へぇ、部屋の中もおしゃれ」

「だな。先にシャワー浴びる？」

彼女はうなずくと、バスルームに消えた。ほどなくしてシャワーの水が浴室の床を打つ音が聞こえてくる。すると、その音に交じって何かが聞こえる。

――なんだろう？

気のせいではない。意識を集中してシャワーの水音の中からその音だけを選り分ける。女だ。女の声だ。だが、彼女のものではない。

――あえぎ声？

隣の部屋からだろうか。外装も内装もしゃれていて、この手のホテルの中ではワンランク上の雰囲気を装っている。だが、しょせんはラブホテル。見えないところはコストをケチって造ってあるということか。

――にしても壁が薄すぎじゃないか？

声は激しさを増していく。丸聞こえに近い。彼女が手早くシャワーをすませ、バスルームから出てきた。

「何、この声？」

「しっ。すごくないか？」

どうせ聞こえるなら、とスケベ心をだして彼女を見ると、意図に反して彼女は真っ青な顔をしている。

「これ、そういう声じゃないんじゃないの？」

「え？」

改めて少し冷静になって聞いてみると、あえぎ声というよりは悲鳴に近い。いや、最初聞いた時は確かにあえぎ声だったのかもしれない。だが、いまや激しさを増した悲鳴は絶叫に近づいてきている。

「フロント。フロントに電話した方が……」

「あ、ああ、そうだな」

ところが、ベッド脇の内線電話の受話器を持ち上げても、うんともすんとも言わない。

「俺、ちょっとフロントに直接行ってくるわ」

「えっ、いやよ。私、こんなところにひとりで待ってられない」

彼女が濡れた体に服を身に着けるのを待つ。そうしている間にも、絶叫は息絶え絶えの苦悶の様相を呈してきた。ナイフで刺されているのか、首を絞められているのか。とにかくそんな想像しか浮かばない。二人で部屋を飛び出し、エレベーターに乗った。たった一階分の距離をゆっくりと降りていくエレベーターがもどかしい。チーン、と音を立ててエレベーターのドアが開いた。

「え？」

「なんで？」

照明が一つもついておらず、真っ暗だ。彼女はエレベーターの「開」ボタンを押して待つ。エレベーターの箱から漏れ出る光を頼りに受付に近づいた。カーテンに向かって何度も声をかける。しかし、どうやらカーテンの向こうも真っ暗で、人の気配がまったくしない。

「ねぇ、おかしいよ、見て」

という彼女の声に振り向くと、彼女がエレベーターから漏れ出る光に照らされた範囲の壁や床を指さす。壁紙はあちこちめくれ上がり、床もほこりまみれだ。血の気のひいた彼女の顔がFさんを見た。

「ここ、早く出た方がいいんじゃない？」

部屋に荷物が置きっぱなしだ。とにかく荷物を取りに戻らなければ。Fさんもエレベーターに乗り込み二階のボタンを押したが、果たして部屋に戻ることが正解なのか自信が持てない。

小気味良いベルの音とともに、エレベーターのドアが開く。すると、二階の廊下の壁紙や床も一階同様ひどい有り様だ。先程の部屋に飛び込んだ。部屋の中もやはり何もかもが荒れ放題だ。慌てて荷物をつかむと、再びエレベーターに乗り込んだ。一階のボタンを連打する。一度ガタンと小さく揺れて、エレベーターが動き出した。エレベーターのモーター音が耳に届く。下に降りているという重力を感じる。恐怖のためか、一階分の距離がやけに長く感じる。彼女がFさんの腕にそっと手を回し、袖を引っ張った。

「ねぇ、なんで着かないの？」

エレベーター一階分の距離にしてはやけに長い。そう思っていたのはFさんだけではなかった。

「まさか私達をここから出さない気じゃない？」

彼女の声は恐怖で震えている。彼女の言う「出さない」という意思の持ち主は誰のことを指すのだろうか。Fさんが一瞬そんなことを考えたとき、チーンと音を立ててエレベーターのドアが開いた。着いたはいいが、ここが自分達が降りたいと思っている場所とは限らない。そんな防衛本能から、足をエレベーターの箱の外に踏み出さず顔だけ出して様子をうかがった。間違いない。荒れ放題ではあるが先ほどのロビーだ。手をつないでダッシュで自動ドアをくぐりぬけ、全速力で自動車まで走り乗り込んだ。駐車場から車を発進させる。

Ｆさんはサイドミラーに映ったホテルをチラッと見た。そこはネオンの明かりひとつついていないない完全な廃墟だった。

無人団地

入間市

当時二十代のフリーターのMちゃんがカップルで無人団地に肝試しにいった時の体験談。

Mちゃんにはアルバイト先で知り合ったKくんという彼氏がいた。お互いが紹介しあって付き合い始めた友人カップルといっしょによく遊ぶ。

「夏だしさ、肝試しでもしたいよな」

「それならちょうどよさそうなとこ、知ってるよ」

その二組で今はもう人の住んでいない廃墟となった団地に肝試しに行こう、ということになった。

それは五階建ての鉄筋コンクリート造の建物で、外壁の色はすっかりくすみ、窓の柵はサビついていた。一階は一〇一号室から一〇六号室まである。それが五階分なので全部で三十戸の集合住宅だ。エレベーターは無く、上へとあがる外階段が三本見えている。階段の踊り場の部分だけコンクリートの壁ではなく柵になっていた。その柵も同様にサビついていたが、その部分が柵になっているおかげで、外からでも階段を人が昇り降りするのを確認することができる。

カップルそれぞれでひとつずつ懐中電灯を持った。一組が中央の階段を一番上まで上がり、もう一組が下で待ちそれを見届けることにする。行きがけにコンビニでスナック菓子と缶チューハイを買ってきた。ちゃんと一番上まで行った証拠に、一組目がそれらの入ったレジ袋を五階の上りきったところに置いてきて、二組目がそれを取って帰るというルールにした。達成できたらそれで祝杯をあげようということだ。

「どっちから行く?」

「私、後がいい」

「えー、ずるい」

ジャンケンでどちらのカップルから行くかを決めた。友人カップルが先に行くことになった。男の方が重たいレジ袋をさげ、彼女の方が懐中電灯を持って中央の階段に足をかけた。

Mちゃんたちは五階まで見渡せるようにと、マンションの真下ではなく距離を置いたところに立つ。さっそく一階と二階の間の踊り場に友人カップルの懐中電灯の光が見えた。くるくると光が円を二回描く。Mちゃんも見えているという合図に、持っていた懐中電灯をくるくると二回まわした。懐中電灯の光は順調に次の踊り場まで上がっていく。それにしても真っ暗な廃墟だというのに怖くないのだろうか。悲鳴のひとつも聞こえてこない。あるいは距離があるため、声がここまで届いていないということなのか。今度は光の円が三回描かれた。Mちゃんも三回合図を返した。懐中電灯の光はさらに上へとあがっていく。

「あれ？　ねぇ、あれ、なんだろ？」

屋上の端に、光が見えた。友人が持つ懐中電灯のあかりと同じくらいの大きさの光が、ゆらゆらとうごめいている。

「ほんとだ、光ってる」

「誰かいるのかな」

「誰かって、屋上だぜ。こんな時間に？　こんな廃団地で？」

すると、それがすーっと移動して、友人たちがのぼっている最中の中央の階段の真上にいった。あれはよくないものだ。ふいにそう感じ、MちゃんはKくんの肩を揺さぶった。

「なんかヤバくない？」

三階と四階の間の踊り場で、友人たちが円を描いている。屋上にいた光がすっと一番上の階の踊り場に移動した。人間があんな風に屋上から踊り場に簡単に移動できるわけがない。やはりあの光は、人ではない何かなのだ。友人たちのすぐ真上でその光は揺らめいている。

「降りろーっ！」

「逃げてーっ！」

KくんとMちゃんは叫んだ。が、友人たちの懐中電灯の明かりはその場にじっととどまっている。やはり、お互いの声は届いていないのだ。こちらからの懐中電灯の合図を持っているのだろうか。Mちゃんはとっさに懐中電灯の光をタテに動かした。さっきまでのマルではなく、「下へ逃げて」というメッセージをこめて上から下への動きを強調しながら懐中電灯をタテに振り下ろす。友人たちの懐中電灯の光が動いた。しかし、意味が通じなかったのか、友人たちの光はまた階段を上へとのぼっていく。

「どうしよう」

今は、Mちゃんたちのところからは友人たちの懐中電灯の光が見えない。すると、得体のしれない光も動いた。ゆっくりと階段を下方向へと移動し、こちらも光が見えなくなる。このままでは鉢合わせてしまう。だが、どうにも手の打ちようがない。Mちゃんは、どうしよう、どうしよう、と何度もKくんの肩を揺さぶった。

「あっ、見えたっ！」

Kくんが階段を指さし叫んだ。光がひとつ、猛スピードで階段を降りてくる。

「ひとつ？」

「どっちの光だ？」

三階。二階。そのままその光は一階に到着した。それはこちらに向かってものすごい勢いで近づいてきた。Mちゃんはその光の主を確かめようとそちらに懐中電灯を向ける。走ってくる友人二人の姿が浮かび上がった。

「よかった」

「無事だったか」

Mちゃんと Kくんは友人たちが無事戻ってきたことにほっとした。しかし、友人たちはぜいぜいと肩で息をして、Mちゃんたちの方を見もせず、うしろを振り返った。

「……よかった、ついてきてない」

二人はようやくほっとしたのか、心配そうに見つめるMちゃんたちの方に向き直る。

「ゴメン、お酒とお菓子、置いてきちゃった」

逃げる際に、重かったそれらをレジ袋ごと投げ捨てて来たとのこと。もちろん、Mちゃんたちがそれをとがめることはなかったそうだ。

廃寺のお面屋

埼玉県内某所

怪談師の正木信太郎氏は、ある居酒屋のカウンターで独り呑みをしていた。その時たまたま隣の席にいた六十代の男性Oさんからこんな話を聞いた。

今から三十年ほど前、もうずいぶん昔のことなので町の名前は忘れてしまったということだが、Oさんが九州から埼玉県のとある田舎町へ仕事で出張した時の体験。

取り引き先との商談もうまくまとまり、Oさんは気分よく駅前の居酒屋で一杯ひっかけた。そこから予約してある今夜の宿泊先に向かった。宿泊先も駅からそう遠くない。地図を頼りに歩いた。が、どこで道を間違えたのだろう。人気《ひとけ》がまったく無い所に出てしまった。

そういえば、途中通り過ぎた商店街はやけに寂れていた。時間が遅いからということもあるだろうが、どのお店も茶色く錆びついたシャッターが閉まっていたな、と思い返す。今日の業務は終了したということなのか、何年もこの状態のままなのかわからないような廃れた感じ……。あの辺りですでに道を間違えていたのかもしれない。

——引き返すか。

そう思った時、どこからかお寺の鐘の音が聞こえた。腕時計を見ると十時を指している。こんな時間に鐘を鳴らすのか、と少し不思議に思った。小さい子供やお年寄りは寝ていてもおかしくない時間だ。近所迷惑だろうと思ったが、周囲を見回しても一軒の家屋もない。ただ寺の門だけがあった。重低音の古めかしい音がまた響く。どうやら、この寺から鐘の音が聞こえてくるようだ。門から境内の方をのぞきこんだ。

「よう、にいちゃん。お面、買ってかないか?」

いきなり声がした。見ると、門から本堂に続く石畳沿いに一台だけお祭りの時のような露店が出ている。そのかたわらには五十歳くらいだろうか。ハッピを着た男性が木箱に座ってこっちを見ていた。「にいちゃん、にいちゃん」と、せわしなくこちらに手招きする。

「私、ですか?」

「他に誰がいるんだよ。どうだい? ひとつ買っちゃくれねぇかい?」

Oさんは鐘の音を聞きながら、ハッピ姿の男が陽気に指し示す方を見た。露店は角材の支柱に横に板を打ちつけて作ってある。そこに釣り針のような形をした金色の吊り金具がいくつもねじ込んであった。そのフックにお面を引っかけるのだろう。しかし、並んでいるのはフックばかりで、肝心のお面はたったのひとつだけ。

——ひとつ買っちゃくれねぇかいって、ひとつしかないじゃないか。

しかもそのお面は、お祭りでよく見かける子供たちが喜んで買う人気のアニメキャラクターのような楽しげなものでもない。

——能面？

横木のちょうど真ん中あたりに引っかけられた、女の顔をした白い能面がOさんの方をじっと見つめていた。その口元は微かにほほ笑んでいるようにも見える。またひとつ、鐘が鳴った。

「どうだい、にいちゃん。べッピンだろう？」

ハッピ姿の男は機嫌よくまくし立てる。Oさんは何と答えたらいいかわからず立ち尽くしていた。二人の間に鐘の音だけが響く。

「なんだぁ、にいちゃん。買ってくれねぇのか？」

Oさんの煮え切らない態度に業を煮やしたのか、ハッピ姿の男の眼つきがスッと鋭いものに変わる。Oさんはあわてていった。

「ほ、他にはないんですか？　ひとつしかないんじゃあ選びようが……」

どうにか声をしぼり出してそういってはみるものの、得体のしれない恐ろしさが先に立って声が段々と小さくなる。Oさんを眼光鋭くにらみつけていた男の目が、ふにゃりとほどけ、右手でおでこをぱちんとたたいた。こいつは弱った、というような顔をして男はいう。

「そうかぁ。今日はこれしか無いんだよなぁ。そうだ。また明日、来てくれよ。鐘もそろそろ終わっちまうし、明日改め――」

鐘が何度目かの重たい音を響かせ始めた。と、同時にハッピ姿の男もお面屋の露店も煙のようにゆらめき始める。

――消えた。

驚いて、Oさんはあたりを見まわした。そこには寂れたお寺と鐘の無い鐘楼があるだけだった。

「翌日、行ったんですか？」

正木氏はＯさんにたずねたそうだ。

「いやいや、薄気味悪い思いがしたからね。とても行く気にはならなかったよ」

Ｏさんは手を横に振って苦笑いしていたそうだ。

「ただ、あの能面を買っていたらどうなっていたのか……は、今なら興味あるよ」

Ｏさんはそう言うと、会計をして店から出て行ったということだ。

中村精神病院

さいたま市岩槻区

当時二十代のWさんが、地元の仲間たちと廃病院に肝試しに行った時の体験談。

中村精神病院という通称の廃墟マニアの間で有名なスポットがある。患者の扱いに問題があって営業停止となり経営破綻したとかなんとか。それが一九九〇年ごろのことで、しばらくして廃院となったらしい。そのまま廃墟と化していたが、二〇〇一年に崩落事故があり今では門があるだけの跡地になっている。

Wさんたちが訪れたのはその病院が廃院となってまだ間もない頃で、当時は今のように廃墟や心霊スポットとして有名ではなかったそうだ。単なる古ぼけた廃病院というだけだが、肝試しをやる条件は十分に備えている。地元の若者の気まぐれ、ちょっとした暇つぶしだ。Wさんを入れて男ばかり六名。乗用車二台に分乗していった。

懐中電灯を持っていった。中に入ると、廊下の幅に合わせて自然と二名ずつ三列のゆるやかな隊列になった。一番先頭のひとりが持ってきた懐中電灯で前を照らしながら進んでいく。廊下は砂やほこりが積もっていた。歩くと耳障りの悪い音がする。靴の裏でリノリウムの床と砂粒がこすり合わされる音だ。周囲に懐中電灯を向けてみた。待ち合いのイスや棚に並んだファイルが浮かび上がる。――それだけのことだ。何がどうというわけではない。自分たちの立てる足音や衣ずれにいちいち驚いたり後ろを振り返ったりしながら進んだ。何事も起こらない。しかし夜の病院、しかも廃病院だ。それだけで十分薄気味悪い。みな口々に「うわっ」とか「こえー」とか小さくつぶやきながら進んだ。列の一番後ろにいた一人がはっと振り返った。

「なんか音しなかった?」

「マジで?」

先頭を進んでいた一人が振り返り、懐中電灯で照らした。

「なんもねぇし」

「ビビらせんなよ」

懐中電灯で照らした光が届く範囲には何も変わったところはない。聞き耳を立てた。特に何も聞こえない。

「足音みたいなのが聞こえた気がしたんだけど」

「ヤンキーじゃないよな？」

最近はこの辺りに地元の不良たちがよくたむろしているという話を聞いていた。おばけよりもそっちに見つかってからまれる方がよっぽど怖い。懐中電灯で腕時計を照らした。もう午前零時を回っている。

「もう帰ろうぜ」

「そうだな」

肝試しとしては十分楽しめたということで、元来た道を戻ることにした。廊下を先程とは逆方向に入り口へと向かって進む。行きは最後尾、帰りの今は先頭に立つ男が懐中電灯で前を照らした。行きは奥へと進むのに腰が引けて時間がかかった真っ暗な廊下を、「なんも起こんなかったな」と軽口をたたいて笑いながら歩く。先頭を行く男がぴたりと足をとめた。それに気づかず、すぐ後ろを歩いていた男がその背中にぶつかる。

「なんだよ」

「やっぱり音、聞こえないか？」

みな立ち止まった。耳を澄ませる。誰かが喉を鳴らしてつばを飲み込んだ。聞こえる。廊下の進行方向、つまり入り口側の方から音がした。姿は見えない。が、砂まみれの廊下を何かがこちらへと進んでくる。乱暴に砂を踏みしめる足音。ついで、おそらくもう片方の足を引きずる音。それから体重をかけるように体を壁にぶつける音。その三つの音が順番に何度も繰り返される。聞こえる音量が大きくなってきた。その音は徐々にこちらに向かって近づいてくる。

「うわっ！」

「戻れ！」

せっかく進んだ帰り道をまた建物の奥まで戻った。廊下の曲がり角に身をひそめる。

「やべぇよ、やべぇよ」

「しっ、気づかれるぞ」

みな足が恐怖で震えていた。両手で強く口を押さえた。漏れ出そうになる声を必死にとどめる。その間も音は確実に近づいてくる。乱暴に足を踏みしめる。引きずる。壁にぶつかる。

――来る、来る、来る、来る、来る……。

みな息を止めた。サビついた蝶番《ちょうつがい》がきしむ音がした。ドアを開けた？　足音が壁にぶつかりながら、その部屋へと入っていく。ドアが閉まった。みな息をひそめる。耳を澄ました。聞こえたのは、手で口を押えている男の嗚咽だけだった。

みな一目散に出口に向かって走って逃げたそうだ。

畑トンネルと犬

飯能市

共働き世帯のTさんご一家は、夫婦と小学生の息子のU輝くん、それにマルチーズのモカの「四人家族」だそうである。

二年前の秋口のことだ。ある休日、Tさん一家は「家族四人」でドライブにいったそうだ。運転席にTさんの夫、助手席にTさん、後部座席にはU輝くんと白い長毛種のマルチーズ。

日中遊んで、その帰り道のことである。Tさん一家を乗せた乗用車は自宅へと続く幹線道路を外れた。

「え？　道違うよ」

「いいから」

「どこ行くの？」

「いいとこ」

Tさんの夫は自家用車をとある場所に停めた。しかし、そこは封鎖されており、自動車では奥まで入れないようになっている。Tさんの夫にうながされ、みな車から降りた。モカは息子の腕に抱かれている。

「この奥に有名な心霊スポットがあるんだってさ」

人面犬の発祥の地だとか、四つん這いで追いかけてくる女の霊が出るだとか、ネットの怪しい情報をTさんの夫は得意げに説明する。

「ちょっと奥までいってみようよ」

Tさんの夫はゲートを通り抜けていこうとする。Tさんは慌てて引き留めた。日も暮れかかっている。子供もいる。そんな薄気味悪い場所へいくなんてとんでもない。Tさん夫婦は押し問答を始めた。Tさんの剣幕に劣勢を見て取ると、Tさんの夫は息子を仲間につけようとこういった。

「U輝、お前も行ってみたいよなぁ？」

「どっちでもいい」

と、息子は本当にどっちでも良さそうに答える。すると、「ねぇねぇ」と呼ぶ声が聞こえた。小さな子供のような声だ。その幼い声は男の子とも女の子とも判断がつかない。

「ねぇねぇ」

みな辺りを見回した。そんな子供は見当たらない。が、見るとゲートの向こう側に一匹の犬がいた。

「ねぇねぇ」

Tさんは驚いて夫の顔を見た。夫も目をまんまるにしてTさんを見つめ返した。言葉にならないようで、うんうんと激しく頷きかけてくる。息子も口を半開きにして、その犬を見ている。三人とも言葉を失って、その犬を見つめることしかできない。犬もじっとこちらを見つめ返し、黒い瞳を動かさずまたこういった。

「ねぇねぇ」

「なあに?」

返事をしたのはモカだった。息子の腕に抱かれたまま、可愛い声でそう返事をしたそうだ。

Tさん一家は「四人家族」だ。Tさんは常々「モカはうちの家族だ」「モカは人間の言葉がわかるのだ」といっていた。今ではモカにつぶらな瞳でじっとこちらを見すかすように見つめられると、思わず目をそらせてしまうそうだ。でも、その気持ちをモカに悟られてしまうのがまた怖い、というのがTさんの目下の悩みだという。

廃校記念

熊谷市

熊谷市在住、三十代女性のY香さんの体験談。

十年前の話である。地元にある某私立女子高校が廃校になることが決まった。地元にあるといってもY香さん自身はその高校へ通っていたわけではない。縁もゆかりもない学校だが「廃校」という響きにそそられた。中学時代の友達を誘い、「廃校記念」と称して夜中に探検に行こうということになった。Y香さんのほかに、Aくん、Bくん、C子さんの四人だ。三月いっぱいで廃校となるので、四月になったらさっそく行ってみようということになった。

約束の日、四人で待ち合わせて件の女子高に向かった。ところが、その計画はすぐに失敗に終わることとなる。門は何とか乗り越えたのだが、校舎にはカギがかかっていて中に入ることができなかったのだ。せっかく来たのだからと、校舎の周りをカギの開いている窓がないかと探すも、どこもきっちりと戸締りがされている。

「あーあ」

「しょうがないよ」

「帰るか」

校庭を突っ切って門がある方に向かって歩き始めた。すると、背後から足音が聞こえる。四人は振り返った。警備員の制服を着た男が走って追ってくる。こちらに懐中電灯の明かりを向けていた。

「やべぇ」

「逃げろ！」

ダッシュで校門の方へ走った。うしろから足音が追いかけてくる。振り返る余裕はない。しかしなんとか逃げ切り、とがめられずに済んだ。

四人の家は、学区の中でもお互いの家同士が比較的近いところにある。「危なかったな」などと談笑しながらいっしょに歩いて帰った。

「じゃあね」

「おう、またな」

その女子高から一番家が近かったY香さんの家の前で残りの三人と別れた。Y香さんの自宅は二階建ての戸建て住宅である。玄関ドアを開けて家の中に入り、内側からカギをかけた。そのまま階段を上って二階の自室に行き、手早くパジャマ兼用の部屋着に着替える。そのままベッドにもぐりこんだ。お風呂は明日の朝シャワーを浴びればいい。そんなことを考えながら、まだ眠りにもついていないときだ。ガチャリと鍵のサムターンが回る音がして、Y香さんははっとした。玄関ドアがきしみながら開く音がし、そのまま閉じた音も聞こえた。家に帰ってきたときに家族全員が寝ているかどうか確認しなかったが、誰か帰ってきたのだろうか。玄関から上がり、廊下を歩いているようだ。床のきしむ音が聞こえる。足音はそのままゆっくりと階段をのぼってくる。階段を一段、また一段と。Yさんは怖くなり、布団を頭の上まで引き上げた。聞こえてくる足音が家族の誰の足音とも違うことはわかる。足音がY香さんの部屋の前で止まった。

——私の部屋の前？

全身が硬く縮こまり震えが止まらない。Y香さんはとっさに叫んだ。

「ごめんなさい、ごめんなさい、ごめんなさい」

Y香さんは両手を胸の前で組んで必死にあやまる。なぜだかわからないが、あやまった方がいい。そう思ったのだ。すると、ドアの前にたたずんでいた気配が動いた。階段を降りていく音がする。きしきしと廊下がきしんだ。玄関ドアが開いて、また閉じる音がする。体から力が抜けた。Y香さんはベッドからそーっと床に足をおろし、窓辺に近寄り、カーテンをほんの少しだけそっとめくった。「ひっ」と小さく息をのんだ。家の前の道路から警備員がこちらを見つめている。懐中電灯の光をピタリとY香さんにあてていた。

――なんで？

その警備員の制服を着てこちらを見上げているのは、先ほど家の前で別れたAくんだった。Y香さんの携帯電話の着信音が鳴る。

「おまえさぁ、なんのつもり？」

電話はそのAくんからだった。

「そういうイタズラやめろよな、気色悪い」

聞くと、Aくんのマンションに警備員の制服姿のY香さんが現れたという。

「今、自分ちのマンションにいるの？」

「当たり前だろ」

窓の外を見ると、そこにはもう警備員の姿はなかった。あわてて連絡を取ると、Bくんの元へはC子さんが、C子さんの家にはBくんが、それぞれ警備員の制服姿で現れたという。

よくよく考えてみると、そもそも廃校になった学校に警備員を置く必要があるだろうか。

では、あの警備員の制服姿の男はなんだったのだろう。それ以上に、その後に起こった不可解なあの現象はどう理解すればいいのだろうか。いまだにわけがわからないという。

【白昼の怪】

かけ専あるある

さいたま市（旧大宮市）

二十代の女性Hさんは「かけ専」だという。

テレフォンアポインターという職業がある。テレフォンアポインターには二通りあるのだそうだ。一つは「受け専」と呼ばれる受け付け専門のテレフォンアポインター。これはテレビショッピングなどが代表的であろう。注文する客からの電話を受けるものだ。もう一つが「かけ専」と呼ばれるテレフォンアポインターで、電話帳リストを片手に営業電話をかけるという仕事だ。Hさんの仕事は、訪問販売のためのアポイントを取るのが目的の「かけ専」テレフォンアポインターだそうだ。

かけ専の一日は電話帳リストの担当ページを振り分けられるところから始まる。

「今日は百一ページから二百ページがあなたの担当ね」

といった感じでチームリーダーから指示される。あとはひたすらリストの上から順に片っ端からかけていくのだ。リストの横にはメモ欄がある。留守番電話になっていたら「留守電」の「ル」。電話に出てもこちらが話している途中でガチャンと電話を切られてしまったら「ガチャ切り」の「ガ」。その他、特筆すべきことがあれば備考欄にメモ書きをしておく。次回電話をかける際にそのメモ書きを参考にできるようにだ。一日のノルマもある。アポイントを取れるのは二百件に一件あれば良い方で、千件かけてもまるでダメということもしょっちゅうだ。

そんなHさんや、かけ専の仕事仲間がよくする不思議な体験で、これは「かけ専あるある」なのだという。

Hさんがまだこの仕事を始めたばかりの頃のこと。

テレフォンアポインターなんて楽な仕事だと思い、このアルバイトを始めた。電話をかけるだけでしょ、簡単じゃない。そう思っていた。しかし、いざやってみると、知らない人に電話をかけるというだけでも緊張するものだ。しかも、営業トークを間違えないようにと一生懸命マニュアル通りに話しているというのに、いかにも迷惑気な声を出されたり、怒鳴られたり、ガチャ切りされると本当にへこむ。アポイントなんてぜんぜん取れる気がしないし、実際にまったく取れない。

そんな中、ようやく初めてのアポイントが取れた。電話口にはその家の主婦が出た。まるで昔からの知り合いのようになごやかに会話がはずむ。営業の話もすんなり進み、訪問のアポイントを取り付けることができた。Hさんはすぐに訪問担当者に連絡し、現地に向かってもらう。お客さんの住所は大宮で、その番地の辺りは住宅街だということだった。


「ダメだ、無いわ」

二時間後、Hさんに電話がかかってくる。訪問担当者からだ。

訪問担当者がいうには、確かにその辺りは住宅街だが、Hさんに教えてもらった住所のところはそこだけぽっかりと空き地になっている。電話もかけてみたが「現在は使われておりません」というアナウンスが流れてくる、とのこと。

「そんなはずありません」

Hさんは、訪問担当者が電話番号をかけ間違えたのだと思った。Hさんはオフィスの電話のリダイヤル機能を使ってアポイントをとった主婦のところにかけることにした。こうすれば番号の押し間違いもない。ほんの数時間前にはこの番号で確かにつながったのだ。

しかし、「この番号は現在使われておりません」と機械の無情な声が繰り返される。

「本当につながってたんです！　本当にアポイントとったんです！」

ムキになるHさんにチームリーダーは優しかった。

「気にしなくていいよ。よくあることだから」

訪問担当者が近隣の家の人に聞いたところ、その家は火事で全焼し、今は更地になっているということだ。

同僚のかけ専アポインターたちもこんな経験はよくするらしい。

注文の多い料理店

大里郡寄居町

今は都内に住む六十代男性、Gさんの体験。

四十年前、勤めに出るようになったばかりのGさんは寄居町でひとり暮らしを始めた。

しかし料理はどうにも苦手だ。ついつい商店街にある飲食店で外食をすることが多くなる。

そんなわけで行きつけのお店もいくつかできた。そのうちの一つに中華料理屋があった。

一階が店舗で、二階が店主の居住スペースになっているらしい。見た感じ四十代、もしかしたら五十を過ぎているかもしれないくらいの年齢の店主が一人で切り盛りする店だ。最低でも週に一度、多い時は二度三度と通ううちに、注文と会計以外にも一言二言会話を交わす程度の仲になっていた。

ある日、いつものようにその店へ行くと店内に一枚の貼り紙がしてある。

『食器をはしでたたかないでください』

白い紙に黒いマジックの手書き文字でそう書いてある。

――なんだ、これ？

わざわざ紙に書いて貼りだしておくほどのことでもない。確かに食器をはしでたたくのはお行儀がいいとはいえないが、せいぜい小さな子供がたまにする程度のことだろう。Gさんは不思議に思った。が、別段気にするほどのことでもない。すぐに本日の日替わりメニューに気持ちがうつった。

翌週またその中華料理屋に行くと、すぐにまた白い貼り紙が目に飛び込んできた。前回の貼り紙の隣にもう一枚増えている。

『貧乏ゆすりをしないでください』

――貧乏ゆすり？

そりゃあ、食べてる最中に隣の席でガタガタやられたんじゃ落ち着いてゆっくり食べられない。多少はいら立ちもするかもしれないが、やはりわざわざ貼り紙をするようなことでもあるまい。口やかましい客でもいて店主に文句でもいってきたのだろうか。高級料理店ならともかく庶民的な町の中華料理屋だ。ずいぶん口うるさい客もいたもんだ。そう思っただけだった。

しばらくして店に行くと、またもや貼り紙が増えていた。

『はしで食べ物をささないでください』

『食べながらマンガを読まないでください』

『店のテレビのチャンネルを勝手に変えないでください』

壁にはもともと料理のお品書きなどが貼ってあったのが、スペースが足りなくなってその上にまで貼り紙が侵食し始めている。カウンター席に座ったGさんは、さすがにどうしたのだろうと思い、店主にたずねる。

「どうしたんです？　この貼り紙」

店主はそうたずねてきたGさんの目をチラッと上目遣いに見た。

「出るんですよ」

店主は小さな声でそういったきり黙り込んでしまう。

「出る？　出るって何が？」

「しーっ」と店主は口に人差し指を立てた。店内にはまばらだが他にも客がいる。聞かれたらまずい話なのだろうか。Gさんは店主に合わせ、ひそひそ声でたずねた。

「何が出るっていうんです？」

店主は黙って、一番奥のカウンター席をそっと指さす。

「あの席がどうかしましたか？」

「見えませんか？」

Gさんはそういわれて今一度指さされた席を見る。赤い合成皮革の丸いスツールがあるだけだ。黙っていると店主はこう続ける。

「あのお客さんがね、マナーの悪い客がいると怒るんですよ」

怒るといっても怒鳴り散らすとか、つかみかかるとか、そういうわけではないらしい。しかし、静かに静かに怒りをつのらせているのがわかる、というのだ。

「でも、怖いでしょ？　こっちだってさ。だって、あの人、絶対普通の人間じゃないからさ」

Gさんには何も見えていない。が、それはそれで普通じゃないかと納得する。

「まったく見えないの？　そりゃあちょっとは透けてるけどさ。いるじゃない、気難しそうな男がさ」

店主は、その男が溜めに溜めた怒りをいつ爆発させてしまうのか気が気でならないといいう。Gさんはなんと答えていいものか困ってしまい、とりあえず日替わり定食をたいらげると、その日はそそくさと帰った。

しばらくその中華料理屋から足が遠のいた。変な貼り紙を見ながら食べるとおいしさがそがれる気がするし、胃にもたれて消化に悪い。おまけに店主もおかしなことをいっている。行きつけの店ならほかにもあった。

だが、久方ぶりにあの店の味が食べたくなった。中華料理屋の赤いのれんをかき分ける。入り口をくぐろうとして開けたドアに手をかけたまま、Gさんは思わずその場に立ち尽くした。

『唾を料理に入れないでください』
『トイレで料理を食べないでください』
『髪の毛を燃やさないでください』
『子供を捨てて帰らないでください』
『足の指は舐めないでください』
『料理を食べたら吐かないでください』

目玉を串刺
下さい
お静か
トイレで料理を
食べないで下さい
生きたままお召し下さい

『目玉を串刺しにしないでください』

『はがした爪はお持ち帰りください』

『必ず生きたままお帰りください』

壁といわず天井といわず貼り紙だらけになっていた。しかも、どれも普通では考えられないような薄気味の悪い注意書きばかり。

厨房にいた店主がGさんに気づき、声をかけた。

「いらっしゃい。なんにします?」

Gさんはそのまま後ずさりして店から出たそうだ。

——普通じゃない……。

その時の店主の顔は、骸骨に皮をはりつけただけのように目は落ちくぼみ、げっそりと痩せこけていたそうだ。

Gさんがその中華料理屋に足を運ぶことはなくなった。その後、店主がどうなったかGさんは知らないという。ただ、いつごろだったか、気がついた時にはその中華料理屋は跡形もなく取り壊され、そこは更地になっていたそうだ。

ママチャリの男

朝霞市

それは突然日常の中に入り込んでくるものらしい。
日差しがそそぐ明るい白昼に。
のどかで平和な昨日と同じ今日の中に。

バブル時代を謳歌したというB子さんが大学生の頃の体験。
当時女子大生だったB子さんは、いくつかの大学の学生が合同で活動する、いわゆるインカレのテニスサークルに入っていた。男女合わせて三十名ほどが所属している。イベントサークルに近いノリの軽いサークルだ。それでもたまにお遊び程度にはテニスの練習もあった。

夏休み中のこと。その日はとある大学が練習場所になっていた。比較的大きなテニスコートがあるということで、サークルとしてはこれまでにも何度か使ったことがある。ただし、もっぱらイベントの時ばかり参加して、テニスの練習の時はさぼりがちだったB子さんはここを訪れるのは初めてだ。

その時はダブルスでチームを組んで練習した。B子さんは運動神経があまりいい方ではない。正直、テニスも一向にうまくならない。そんなB子さんに合わせ、試合形式ではなく、なるべくラリーを続けようということでボールを打ち合っていた。

セミがうるさく鳴いていた。案の定、B子さんのところにボールが来るとちっともラリーが続かない。空振りをしたり、なんとかラケットにあたってもあさっての方向にボールが飛んでいってしまったり。ラリーが続かなければ面白くない。チームメイトたちのそんな空気をなんとなく察し、B子さん自身もいい加減嫌気がさしていた。「休憩にしようよ」と言い出そうかと思い始めた時だ。

ふとセミの声が止んだ。

B子さんの目の前にテニスボールが飛んできた。ラケットがいい塩梅にボールをとらえる。相手方のところにきれいに返球できた。ところが、せっかくうまく打ち返せたというのに相手チームの男子学生はあらぬ方向を見て突っ立っている。ラケットを持つ手は力なくだらりと降ろされている。そんな有り様ではボールを打ち返せるはずもない。ボールはそのままコートから出ていってしまった。

「ちょっと、せっかく上手に返せたんだから、ちゃんと打ち返してよ」

と文句を言ったB子さん。が、相手にはその声すら耳に届いていないようだ。彼は身じろぎ一つせず、あらぬ方――隣のテニスコートの方を見ている。彼の眉間にしわが寄った。見ると、彼のパートナーの女子学生も、B子さんのパートナーの男子学生も、かたや目を見開き、かたや口元をゆがめ、同じ方向を見ている。

不思議に思ったB子さんは、皆の向いている方に顔を向けた。

すると、テニスコートとテニスコートの間を自転車がのんびりと横切っていく。鼻歌でも歌いながらこいでいるようなスピードだ。赤い自転車――いわゆるママチャリと呼ばれるタイプの自転車だ。その赤い自転車を運転しているのは、白いタンクトップを着た男性だった。白いタンクトップから伸びる腕は筋肉質で、何かスポーツをやっているのだろう。タンクトップの下の胸筋も引き締まっているのが見て取れる。ペダルをこぐたびに、ハーフパンツから伸びたがっちりとした太ももがゆっくりと上下運動を繰り返した。体育会系の運動部の学生だろうか。隣のテニスコートで練習していた学生たちも茫然とその自転車を見送っている。赤い自転車はそのまま走り抜け、校舎の方へと消えていった。

再びセミがうるさく鳴き始めた。

みな、はっと我に返り、お互い顔を見合わせた。

「今の、見た?」

「見た」

その赤い自転車を運転していた男性は首から上が無く、その断面の切り口は鋭利な刃物でスパッと切断されたようだった。断面の真ん中には太く白い骨があり、弾力のあるピンク色の筋肉がその骨の周囲を覆っていた。

神隠し

川口市

当時二十代後半の会社員Nさんの体験談。三、四年ほど前、川口市内のとある集合住宅での出来事。

Nさんはいわゆる「埼玉都民」である。埼玉に住んでいながら東京に通勤通学をする人々をそう呼ぶのだそうだ。埼玉県で二位の人口を誇る川口市には集合住宅が続々と建てられ、埼玉都民が多いらしい。

朝、通勤のため家を出た。その集合住宅は五階建てで、Nさんの住まいは最上階の五階にある。妻と小さな子供の三人で住んでいた。

共用廊下の端にあるエレベーターの前に立った。通常エレベーターの行き先ボタンは上向きの矢印と下向きの矢印があるが、最上階のため下向きの矢印だけがある。一つしかないその下向きの矢印ボタンを押した。すると、エレベーターのモーター音が聞こえ、ゴンドラが上から降りてきた。何度も言うが最上階なので、その階以外にゴンドラが停まっていたとすればボタンを押したら必ず下からゴンドラがあがってくるはず。Nさんは違和感を覚えた。

それからも、時折ゴンドラが上から降りてくることがある。そのたびに何か嫌な感じがした。そういう時はエレベーターに乗らず、階段を使って下まで降りることにしている。

ある朝、エレベーターの前で同じフロアに住むスーツ姿の男性といっしょになった。行き先ボタンの下向きの矢印を押す。ゴンドラがきてエレベーターのドアが開いた。

「あれ？　今、上から来ましたよね？」

スーツの男性がいった。

「最近たまにあるんですよ」

Nさんはそう答え、そういう時は自分は階段を使って降りている、と話した。

「ふーん、なんだか気持ち悪いですね。ぼくも階段でいきます」

と、そのスーツ姿の男性もいう。スーツの男性が外階段への鉄製の扉を開け、先に立って階段に出た。Nさんもその後に続こうとする。ガチャリ、と鉄製の扉が閉まった。

「あ！」

なんだよ、閉まらないように押さえてくれててもよさそうなものなのに。Nさんは仕方なく自分で扉を開けた。すると男性の姿はない。しかし降りていく足音もしない。嫌な感じがした。急ぎ足で下まで階段を駆け降りる。途中でスーツの男性に追いつくことはなかった。そのスーツ姿の男性は、その日会社に出社することもなく、それ以来行方不明となる。家族からも捜索願いが出されたそうだ。

Nさんは恐怖を覚え、家族を連れてすぐにそこから引っ越した。

都会の神隠しはこんな風に起こるのかもしれない。日本全国の行方不明者数は年間八万人以上もいるという。そのまま見つからないままの人も毎年数千人単位でいるらしい。

意思　川越市

「怖い、というより不思議な話なんですけど……」

川越市の二世帯住宅に住んでいる専業主婦のRさんの体験。四年前の話だそうだ。

春先のあたたかな日。二階のベランダに面した和室。Rさんは窓際に敷いた座布団の上に赤ちゃんをそっと寝かせた。幸い目を覚ますことなくすやすやと寝息を立てたままだ。

二世帯住宅の一階には夫の母の部屋がある。二階がRさんら若夫婦の生活領域だ。その辺りは低層の戸建てが並ぶ閑静な住宅街である。

Rさんはベランダに出た。広めのベランダで、物干し台を置いている。そこで洗濯物を干していた。途中、首だけ向けて和室の様子をうかがった。大丈夫、赤ちゃんは同じ体勢のまま眠っている。

背中で音がした。

はっとして振り向くと、白いゴルフボールがベランダのコンクリートの床の上を大きく跳ねている。音を立てながら何度か弾むうちに跳ねる高さが低くなってきて、やがてピタリと静止した。

この辺りには、ゴルフの打ちっ放しの練習場はない。もちろん、どこかの家の庭でゴルフ用のネットを張って練習していたのが、何かの拍子に勢い余って飛んできてしまったということも考えられる。あるいは、どういう目的かはわからぬが誰かがイタズラで投げ込んだということも考えられなくはない。

「でも、ずっと同じ位置で跳ねてたんです。垂直に」

少しでも角度がついていれば、垂直に同じ位置で跳ね続けることはないだろう。周りにマンションなどはなく、上からゴルフボールを落としてきたことも考えられないし、仮にそうだとしても、それだって角度がついてしまうでしょ、とRさんはいう。

——空から？

そう思い、その時Rさんは空を見上げた。そこには何もなく、ただ青い空が広がっている。Rさんはベランダの上のその白いゴルフボールを拾おうと腰をかがめた。ゴルフボールに手を伸ばす。するとRさんの手が触れる前に、そのゴルフボールは自分で跳ねて隣の家に飛んで行ってしまった。まるで自分の意思があるかのように。

「ね、不思議でしょ?」

それ以降、同様の事態には遭遇していない。ただ、小さな子を育てる母親としては気が気ではなかった。いつどんな「意思」が何の前触れもなくこちらに降りかかってくるかわからない。そんな漠然とした不安に、ふいに襲われることがあるという。

「それに、男の子って何考えているかわからないでしょう?」

四歳になり元気に走り回る男の子は、あのゴルフボールと同じくらい未知だという。

痴話ゲンカ

さいたま市（旧浦和市）

隣の家は夫婦ゲンカが絶えない。

Kさんはいつの頃からかそう思い込んでいたという。

浦和に実家がある二十二歳の女性Kさんの体験談。

Kさんはこの春、大学を卒業した。都内のＩＴ関連の企業に就職が決まっている。これを機に実家を出て都内でひとり暮らしを始めることにした。いよいよ引っ越しをして家を出るという三月末のこと。引っ越しのトラックを送り出し、手荷物一つを持って家を出た。

「女の子の一人暮らしなんだから気をつけなさいよ」

「はいはい、わかってるって」

親元を出て独立するといっても電車で一時間もしないで帰れる距離だ。感慨もなにもない。それよりもこれから始める新しい生活に、期待に胸ふくらませていた。

門扉を開けて外に出ると、隣の家から夫婦が言い争う声が聞こえてきた。どうも子供の教育方針の違いでケンカしているらしい。「子供を甘やかすな」とか「物をすぐに買い与えるな」とか「食べ物の好き嫌いをさせるな」という男性の声が聞こえる。おそらくこの一家の父親の声だろう。母親であろう女の声は、ランドセルの色がどうこう言っている。口ぶりからすると、今年か来年かに子供が小学校にあがるらしい。男と女の言い争いはどこか話がかみ合っておらず、それが余計に男性のイラ立ちをヒートアップさせているようだ。

隣の家はいつもそうだ。つまらないことでケンカばかりしている。もともとKさんにとっては全く関係のないことだし、せいぜい「こんなに両親がケンカばっかりしてたら、かえって子供の教育によくないんじゃないの」という感想を持つぐらいのことだった。でも、ようやくこれも聞き納めだ。家を出ればこのくだらない痴話ゲンカを耳にすることもなくなる。思えば受験勉強している時や、友達と楽しく電話で話している時も、あの言い争う声が聞こえてくるとうんざりしたものだ。そんなことを思いながら、隣家を通り過ぎた。

ゴールデンウィークになった。Kさんはこの長期の休みは実家で過ごすことにした。自炊や洗濯は思ったより大変で、少しでもサボりたい気持ちもある。

実家の手前にある隣の家を通り過ぎようとすると、まただ。やはりケンカをしている。内容は相変わらずくだらない。今日はさらに子供がギャンギャンと泣く声も交じっている。父親が「うるさいっ！」と怒鳴った。子供の泣き声が一層大きくなる。

「ただいま。相変わらず隣のケンカ、うるさいね」

家に着くなり、Kさんは母親にその話題をふった。

「なにが？」

「だから、隣んちの夫婦ゲンカ」

「何言ってんの。隣んちの旦那さん、今は一人暮らしだよ」

「今は？」

Kさんの母親は声をひそめた。

「奥さん、何年も前に亡くなってるじゃない。首吊り自殺で」

Kさんは初耳だった。

「え？　じゃあ、子供はどうしてるの？」

「子供？　子供なんていないよ」

母親がいうには、隣のご夫婦は奥さんの生前も子供はいなかった。不妊治療をしていたらしいがそれもうまくいかなかったらしいよ、ということだった。

よく考えたら、Kさんはこの話題を母親にしたのは初めてだった。なんとなく「子供」が口出ししてはいけないことだとどこかで思っていたところがあり、話題に出したことはなかったのだ。就職して一人暮らしを始め、自分が「大人」になったような気がしたのだろう。意識したわけではないが、おそらくそんな気持ちもあって、隣の家の痴話ゲンカを母親との会話の話題にしたのだ。逆に母親が隣の家の主婦の自殺をKさんに話さなかったのも、Kさんを「子供」だと思っていたからかもしれない。

しかも、隣の家はここ何年も男やもめの一人暮らしで、その後他の女性と再婚したり、同棲したりといったことはないそうだ。そもそも、そんな痴話ゲンカを母親は一度も聞いていないという。

では、Kさんが何年もの間、そしてつい数分前にも聞いた隣の家の言い争う声は何だというのだろう。Kさんはふと気になった。一人暮らしを始めたアパートは、住み始めてみて気づいたのだが壁が薄い。隣の家のカップルがケンカしている声がしょっちゅう聞こえる。でも、自分で家賃を払えるくらいの安アパートならこれも仕方ないのかとあきらめていた。正直楽しみにしていた一人暮らしだが、毎日聞こえてくるそのカップルの痴話ゲンカに耐えられなくてこのゴールデンウィークは実家に戻ることにしたのだ。引っ越しの挨拶に行った時は、玄関に出てきたのはおっとりしたＯＬ風の女性ひとりだった。それにこの一か月半、その女性の姿は何度か目にしたが、男性の姿は一度も見たことがない。

Ｋさんはもしかしたらおかしいのは、ありもしない痴話ゲンカが聞こえてしまう自分の方なのかもしれないと思い始めているという。

咳

入間市

今から八年ほど前の出来事。入間市在住の二十代のOさんの体験談。

Oさんは、とある会員制の倉庫型大型店でアルバイトをしている。食料品や生活雑貨を扱う店だ。主な業務内容は品出しで、商品を店の奥から持ってきて棚に並べることだ。週末こそ客で賑うものの、平日はがらんとしていることも多い。

Oさんは最近気がついたことがある。咳が聞こえるのだ。しかも自分の周りに誰も人がいない時にかぎって。最初の頃は、近くにいるお客さんの誰かが咳をしているのだと思った。だが、見回しても誰もいない。遠くにいる人の咳が響いて聞こえているのかといえばそうでもない。そんな大きな響くような咳ではなく、こもったような乾いた咳が小さく聞こえてくるのだ。そんなときはいつも薄気味悪いと思っていた。

ある日、また周囲に誰もいなくなった。乾いた小さな咳が聞こえた。真上から聞こえたような気がする。また聞こえた。やはり上からだ。上、とはどういうことだろう。この店舗の棚は高さがあり、天井近くまで商品がずらりと積み上げられ並べられている。上に人がいるはずはない。客は誰も来ない。咳が聞こえる。さっきから何度も。連続で。咳は止まない。誰かお客さんが来てくれないかな、とOさんは念じた。いつも誰かがくると、咳は止むのだ。客はまだ来ない。今も咳はOさんの上の方から聞こえてくる。

——見ない方がいい。

そう思ったが、自分のすぐ真上にいるかもしれない何かを確認しておかないのも怖い。不意に咳が聞こえなくなった。

——あ、止んだ。

思わず上を見た。そこには見ない方がよかったものがあった。半分に切れた顔の下半分。棚の一番上の段に、鼻からあごにかけての部分だけが見下ろすようにOさんをのぞいていた。鼻から上の部分は角度が悪く見えないということではなく、すっぱりと切れていて無い。顔の上半分がないので、目はない。目がないのに、こちらを見ていると思うのはおか

しいが、それでもやっぱりOさんを見ているとしか思えない。その下半分だけの顔の中で口が軽く開き、また咳をした。

Oさんはそのアルバイトは辞めたそうだ。

ばあちゃん子

さいたま市（旧大宮市）

大宮在住のTさんに「埼玉の怖い話はないか」と聞くと、即答された。

「ないですね」

Tさんは大宮の駅からバスを乗り継いだところに住んでいる。Tさんは間もなく五十歳を迎えるITエンジニアだ。面倒見のいい優しい人柄である。Tさんはもともとオバケだとか幽霊だとかそういった類の話は信じない人だ。ところが、話しているうちに、

「あ、そういえば」

といって教えてくれた話。

Tさんはおばあちゃん子だった。小さい頃、よく両親の都合で祖母宅に預けられていた。

Tさんの祖母もTさんのことをかわいがってくれていた。

祖母宅に預けられた時は、その近所に友達がいるわけでもないのでTさんはたいてい一人で遊んだ。祖母の家の近くに比較的大きなお寺がある。そこの境内に勝手に入り込んでは遊んだ。石を集めてならべたり、ひろった棒っきれで地面に絵をかいたり。季節によっては虫をつかまえたり、ドングリや松ぼっくりをひろったりした。すると、ひとしきり遊んだ頃に祖母が迎えに来る。

「あ、ばあちゃん」

「そろそろいくか?」

Tさんはいつも首を横に振った。それからもうしばらくの間そこで遊ぶ。祖母はそれを何ともいわずに見守った。日が暮れ始めるころ、祖母はTさんにもう一度声をかける。

「そろそろいかなきゃな」

Tさんはうなずいて、いっしょに手をつないで帰っていく。そんな思い出があるという。

しかし、Tさんが大きくなるにつれ、祖母宅に預けられるということはなくなっていった。部活や受験、恋愛やアルバイト。日々の中でTさんは祖母のことを思い出すこともなくなっていった。

Tさんは二十歳になっていた。ある日曜日の午前中、自宅の自分の部屋でゴロゴロとくつろいでいたときのことだ。

「そろそろいかなきゃな」

突然耳元に祖母の声が聞こえた。十時五十六分。なぜ時計を見たのかわからない。が、Tさんはふと時計を見た。なぜかその時間を忘れなかった。

腹が減ったので、階下に降りる。

「なんかしらないけど、今ばあちゃんの声聞こえた」

「おばあちゃんといえばね、最近なんだかおかしなことばかり言うのよ」

Tさんの母親が半端な時間に起きてきた息子にご飯を出しながら、そんなことを言い出した。Tさんの祖母は、この頃からいわゆる認知症が始まっていたらしい。生活に色々不具合が出始め、それに沿うように体調も悪くなった。あれよあれよという間にTさんの祖母は亡くなってしまった。「そろそろ」というあの声が聞こえた日からひと月もたっていなかった。

「ちょっと後悔してますね」

せっかく祖母が知らせてくれたというのに、その時はまさかそんなことになるとは思わなかったという。

「ばあちゃんにもうちょっと顔見せにいけばよかったなとか、なんかしてあげられることあったんじゃないかなって」

とはいえ、あの声が聞こえていなかったら、もっと会いに行ってなかったと思うけど、とTさん。

あちこち具合が悪くなり入院していたTさんの祖母は、病院のベッドの上で静かに息を引き取った。医師は時計を見て時間を確認した。最期を見守っていたTさんら家族に医師が告げた臨終の時間は、十時五十六分だったそうだ。

【黒闇の怪】

掘り出し物件

さいたま市（旧与野市）

五十代後半の男性Jさんの体験談。

昭和五十七年、与野市のとある団地にJさんは入居を決めた。その団地は、一年前に新築されたばかりだ。

「まだ新しいのに、このお家賃はなかなかないですよ」

仲介してくれた町の不動産屋の言葉にうなずいた。安くてキレイ。いうことはなかった。

荷ほどきをすると、すっかり夜になっていた。フロに入って汗を流し、その日はもう寝ることにした。浴槽も真新しくて気持ちいい。重い荷物の上げ下ろしでパンパンに張った筋肉が緩んでいくのがわかる。湯船につかると思わず腹の底から深い息がもれた。今夜はぐっすり眠れそうだ。

畳敷きの和室に布団を敷く。程よい湯疲れにすぐに眠りにつくだろうと思った。ところが、部屋の至る所から音がする。家鳴りだろうと気にせずにいた。新築物件は家鳴りが起きやすい。まだ建材同士がなじんでいないので小さなズレを解消するために起こるらしい。それにしても一晩中あまりに音がうるさすぎる。これではとてもじゃないが眠ることができない。

翌日、Jさんは管理人のおじさんに聞いてみた。六十過ぎとおぼしき管理人さんは、平日の昼間だけ通いで来ている。

「他の部屋の人からは家鳴りがうるさいという苦情はきてないですか?」

そういったことは特にないらしい。うるさいのは自分の部屋だけなのだろうか。

「あんた、この話は聞いてる?」

管理人のおじさんがあたりをはばかるように小声で教えてくれた。それによると、あの部屋は事故物件だという。前の住人は入居半年ほどでフロ場で死んでいるのが見つかったらしい。心筋梗塞による突然死だった。

Jさんは合点がいった。だからあんなに家賃が安かったのか。家鳴りだと思っていたあれらの音は、もしかしたらラップ音なのかもしれない。きちんと説明してくれなかった不動産屋が腹立たしい。この当時は事故物件の告知義務はない。知らずにいたうちはいいが、知ってしまったら急にフロ場だけ空気が淀んでいるように思えた。フロ場だけ妙に気温が低く感じるような気がする。Ｊさんは、自宅のフロ場を使うのをやめた。やむなく銭湯通いをする。同じくらいの家賃の物件があれば引っ越したい。そう思ったが、同じ家賃であれば今より条件の悪い物件になるし、同程度の物件を見ると家賃が跳ね上がる。

ある日、Ｊさんは布団に寝転がりながら考え事をしていた。相変わらず続く音のせいで睡眠不足も続いていた。最近はなんだか体調もすぐれないような気がする。タバコをふかし、ぼんやりとそんなことを思っていた。ふと気がつくと、そのまま眠りに落ちていたようだ。

「しまった！」

畳が黒く焦げている。細く煙も立ち昇る。寝たばこをしたせいで、あやうくボヤ騒ぎを起こしてしまうところだった。畳に大きな焼け焦げをつくってしまった――。これでは退去するときに敷金を取られてしまう。この焼け焦げを隠さないと。そう思い、敷いていた布団をどかし、畳をひっくり返すことにした。

「よいしょっ、と……うわっ！」

畳の裏は真っ黒だった。全面ではない。何かの形をしている。黒くなった部分の輪郭を目でなぞると、それは人の形をしていた。黒い人型。恐らくこの畳の上で亡くなった人間がそのまましばらく発見されずにいたのだろう。腐乱した跡がそのまま残っているようだった。

Jさんの背中を冷たい汗がつたう。今まで毎夜自分はこの黒い人型の上に布団を敷いて寝ていたのか。家鳴りのようなラップ音もJさんの体調不良も、フロ場で病死した前の住人ではなく、この黒い人型の方が原因だったのではないか。そう思った。よく見ると黒一色ではない人型のおぞましさに吐き気がこみ上げてくる。

しかし吐き気と同時にJさんの中にある一つの疑問が湧き上がった。

――これはいったい……誰？

Jさんは病死した前の住人に次いで二人目の入居者だと聞いている。前の住人の遺体はフロ場で見つかった。前の住人が亡くなってからJさんが入居するまでの間に何かあったのだろうか。はたまた前の住人の生前に、人には知られてはいけないようなことがあったということか。それとも、Jさんの想像のおよばないような、もっと黒い闇がここには存在したのだろうか。

Jさんはすぐに新しい引っ越し先を見つけ、その部屋を出たという。家賃はそう変わらないが、相応に古くて狭い物件に。

あの黒い人型は誰のものなのか――その謎は解けないままだそうだ。

目撃

さいたま市緑区

二〇〇二年開催の日韓共催のＦＩＦＡワールドカップのため『埼玉スタジアム２００２』が建設された。ところが、その工事中に死亡事故が起きる。それ以来スタジアム内で、事故で亡くなったはずの作業員の幽霊が夜な夜な目撃された。

埼玉スタジアムの建設工事に係わった四十代の男性Ｄさんから話を聞いた。

二〇〇二年、桜の咲く季節だった。

六月に開催予定のワールドカップにむけて急ピッチで工事が進められていた。その最中、事故は起こる。落下事故だ。スタジアムのゲートに看板を設置する作業をしていた二十代後半の若い作業員がバランスを崩し、脚立の一番上の段から落ちてしまう。残念ながらその若者は亡くなってしまった。

「こんな言い方しちゃアレですけど、死亡事故としては特別凄惨だとか不審な点があるってことでもなく、普通だったら報道されるような事故ではなかったんですけどね」

ワールドカップに関係する埼玉スタジアムでの死亡事故ということでテレビや新聞でも全国的にニュースとして報道された。しかし、せっかく盛り上がっているワールドカップに水を差すということなのか。すぐにその事故のことは明るい話題で塗り替えられ、世間では忘れられていった。


だが、事故現場となった埼玉スタジアムの内側ではそうはいかなかった。ほどなくして、こんな目撃情報が出始める。

――事故で死んだはずのあの若い作業員を見た。

「最初に言い出したのは年配のおじさんで、みんな、何言ってるんだかという感じで相手にしてなかったんですよ」

ところが、日を追うごとに事故死した作業員の目撃情報は増えていく。

目撃者の話はみな一致していた。

その作業員の幽霊とおぼしき人影が目撃されるのは、残業作業をしているような深夜の遅い時間。事故現場だったゲート付近だけでなく、スタジアム内の至る場所で目撃される。足が無いとか体が透けているといったことはなく、その姿は普通の生きている人間のようにはっきり見える。生前彼が来ていたのと同じ薄緑色のつなぎの作業着姿で何をするでもなく立っている、ということだった。徹夜での作業も多いため、Dさんらは時折自宅に着替えを取りに戻る以外は敷地内に用意されたプレハブに寝泊まりしていたのだが、そのような常駐作業員たちによってその姿は数多く目撃された。

当時はとにかくそのことにまつわる色々なうわさが飛び交った。現場作業員用の弁当と飲料が一人分余分になくなるのは、その作業員の幽霊が自分の分として持っていくからだ。大会関係者に配布された大会専用シューズをその作業員の幽霊も受け取りに来ていたらしい。そんな話がまことしやかにささやかれた。

それからも、その作業員の目撃情報は後を絶たない。生前と同じ薄緑色の作業着姿で立っている姿が深夜のスタジアム内のあちこちで目撃された。かといって、どうにもしようがない。みな薄気味悪く思いつつも、目前の仕事に追われていた。

すると、大会運営の上層部にもこの話が耳に入ったらしい。この件に関して一切口外してはならないと緘口令《かんこう》が敷かれた。

「縁起が悪いとか、これ以上不祥事を出してまたマスコミに騒がれてはまずい、といったことだったんでしょうかね」

この緘口令により、これらの目撃情報のことは作業員たちの間では公然の秘密となった。

だが、Dさん自身はその作業員の幽霊を目撃したことはない。

「実は……、私が目撃したのは事故の方なんです」

あの日、Dさんは自分の作業現場への移動中にゲートの近くを通った。ゲートでは看板の取り付け作業の最中で、件の若者の薄緑色の作業着もDさんの視界に入っていた。バランスを崩したのか、足を滑らせたのか、「あっ」と思った時には、その若者は上半身をのけぞらせて脚立から空中にふわりと身を投げ出していた。

「ビックリした顔をしていました。本人もただただ驚いているというか。それが次の瞬間には目玉をひんむくような恐怖の表情に変わったんです。このまま落ちたら死ぬ、と思ったんでしょうね。そしたら私と目が合ったんです。助けを求めるような目で私を見たんです」

Dさんには、その若者が脚立の上で体勢を崩してから地面に叩きつけられるまでの一部始終がスローモーションのように見えていた。
その数秒間の映像が――彼の恐怖の表情が、今も目に焼き付いて離れない。

「でも、そんなはずないんです」

と眉根を寄せたDさん。

「確かに事故の瞬間を目撃しました。でも、距離はけっこう離れていたんです。スローモーションのように見えていたっていうのを別にしても、そもそも顔の表情が見えるような距離じゃなかったんです」

それなのになぜあんなにもはっきりと彼の顔の表情の変化まで見えてしまったのか、Dさんにはわからないという。

「それに、あの時目が合っていたということは、死んでいった彼にも恐らくスローモーションのように見えていたわけでしょう？　落ちていく彼をただ見ていた私のことが」

あの薄緑がかった作業着の青年が何もせずにぼんやりと突っ立っている自分を目撃しながら死んでいったと思うと、今も眠れない日があるという。

おいでおいで

坂戸市

怪談好きのMさんから聞いた話。

池袋駅東口のファーストフード店でMさんが友人との待ち合わせまで時間をつぶしていた時のこと。すぐ隣の席の学生らしい女の子が、連れの女友達に話していた体験談。

ある日の夜九時ごろ、出かけた先から電車で自宅の最寄り駅である坂戸駅まで帰ってくると、ちょうど駅前で塾帰りの妹に出くわした。姉妹二人で一緒に自宅まで帰ることにした。

自宅までの帰り道、お寺の前を通っていく。そのお寺の敷地内には墓地もある。敷地の周りは塀でぐるりと囲まれているが、墓地のある側は塀が低くなっており、道路からも墓が見えた。

通り慣れた道とはいえ、夜の墓場はやはり薄気味悪い。いつもだったら、なるべく墓場の方は見ないようにして足早に通り過ぎるところだ。しかし、その日は妹と並んで歩いている。お墓から遠い側を歩いていたので、妹の方を向きながら話していると、ちょうど墓場を見る形になってしまった。

すると、墓地の真ん中あたりに誰か立っているのが見える。くすんだ灰色の地味な着物。おばあさんのようだ。なで肩気味だが、年の割に背筋はしゃんと伸びている。

そのおばあさんが、こちらに向かって「おいでおいで」というように手招きしてくる。

妹のひじをこづいた。

「ねぇ、アレ、気持ち悪くない?」

聞こえてしまわないように、声をひそめて妹に耳打ちした。

「アレって?」

ところが、妹にはあのおばあさんの姿が見えないという。

「ほら、いるじゃない」

「えぇ?」

その間も、その灰色の着物姿のおばあさんはこちらに向かって「おいでおいで」と手招きし続けている。

おばあさんの顔は無表情に近く、どういったつもりでこちらに向かって手招きをするのかまったくその意図は読み取れない。しかし、黙って手招きするばかりで、向こうからこちらに近寄ってくる様子はないようだ。

おばあさんの姿が見えない妹は、「どこよ?」と言って身を乗り出して見ようとする。

「やめなよ」と妹の腕を強くつかんで引き留めた。

「ね、気持ち悪いからもう行こう」

と、つかんだままにしていた妹の腕を強く引っ張った。前へと足を一歩踏み出そうとした瞬間のこと。墓地と反対側の生い茂った草むらから何かがこちらに向かって飛び出してきた。「ぶつかる!」ととっさに身構えた。が、何の衝撃もない。それは、立ち止まったままだった妹の体をすり抜けて、墓地の中へ入っていった。

それはおじいさんの姿をしていたという。

そんな話がたまたま聞こえてきてしまったというMさん。友人との約束の時間がせまり、その場を離れたそうだ。しかし、なんとなく気になったことがあるという。

そのおじいさんは、もともとそのおばあさんと共にあの墓場の住人だったのか。あるいは、生きていたおじいさんが、あのおばあさんの手招きであの世に呼ばれてしまったということなのか。

「まぁ、それがわかったところで、どうということでもないんですけどね」

単なる好奇心です、とMさん。

はて。あの夜、墓場を包み込んでいた黒い闇ならその答えを知っているかもしれないが。

学校の七不思議

狭山市

四十代キャリアウーマンのK子さんに話を聞いた。

K子さんとは六本木のお洒落なカフェで待ち合わせた。仕事の合間、ランチタイムに時間をとってくれたのだ。このすぐ近くの複合商業施設の入った高層ビル内の企業に勤めているというK子さんは、タイトスカートに太めのヒールのパンプス姿で颯爽と現れた。首にはカードホルダーがいくつもぶら下がっている。

「あぁ、コレ？　これはビルに入る用で、これが自分の会社のあるフロアに入る用。こっちは自分の部署の区画に入る用、こっちは……」

と一枚ずつホルダーを指先でつまんで教えてくれた。セキュリティの厳重な某ＩＴ系大企業に勤めている。アイロンのかかった白いシャツが似合うK子さんは、英語だけでなくスペイン語もペラペラだそうだ。
そんなK子さんが高校生の時の体験。

当時K子さんはふじみ野市に住んでいた。東武東上線とバスを乗り継いで、狭山市にある私立高校に通う。その学校はその辺りでは有名な進学校で、K子さんはその中でも特に優秀な子しか入れない特進クラスにいた。

好奇心旺盛なK子さん。その時は自分の学校の七不思議を調べることにはまっていた。七不思議は学校ごとに微妙に異なる。時代や地域によっても違うだろう。K子さんは、同級生や先輩、先生たちに聞いて回った。K子さんの学校の七不思議は、どれもどこかで聞いたことのあるようなオーソドックスなものだった。音楽室のベートーヴェンの肖像画が夜になると血の涙を流す。二宮金次郎の像が夜中になると校庭を走る。十二段しかない階段が夜になると十三段になる、といった具合だ。

しかし、七不思議のうちの六つしか集まらない。どうしても七つ目を知りたかったK子さんは、さらに聞き込みを続けた。やっとのことで、定年退職後も非常勤講師として勤務している古株の先生からこんな話を聞くことができた。それはこうだ。

――職員室に姿見がある。夜中の零時にその姿見の前に立つと、鏡の中の自分が七番目の不思議を教えてくれる。

探求心も旺盛なK子さんは、どうしてもその七番目の不思議を知りたくてたまらなくなった。そこで、その方法を実行してみることにしたそうだ。

学校の七不思議はいわゆる都市伝説のようなものだ。頭の良いK子さんは、そんな話を現実のものとして信じたのだろうか。

「でも、やってみないと嘘か本当かわからないじゃない」とK子さん。

携帯電話も高校生が普通に持っているような時代ではない。夜遊びや外泊が当たり前の不良娘ならともかく、優等生のK子さんが終電も終わっているような深夜まで帰宅しなかったらご両親はさぞかし心配しただろう。

「学校の近くに親戚の家があって、そこに泊めてもらうってことにしたの。親にも親戚にも裏工作はどうとでもできるわよ」

K子さんは実行力もあり、さらに戦略家でもあるようだ。

だが、実際のところK子さん自身も頭からその話を信じたというわけではなかった。

「確かめることに意義があるの」とK子さんはいう。

放課後、女子高生のK子さんは当時所属していた漫画研究部の部室に身をひそめた。じっと夜が更けるのを待つ。間もなく零時を迎えるという頃、職員室に向かった。職員室のドアを入ってすぐのところにその姿見はある。時計の針が午前零時をさした。

K子さんは姿見の前に立った。鏡の中にK子さんの姿が映る。K子さんはじっと鏡の中の自分を見つめた。すると、K子さん自身は口を閉じているのに、鏡の中の自分の口が勝手に開いた。そして、K子さんの学校の七番目の不思議を教えてくれたという。

目的は達成した。K子さんはすみやかに帰ることにした。職員室を出る。職員室の前の廊下はずっと校舎の奥まで続いている。すると、長い廊下の先から足音が聞こえてきた。姿はまだ見えない。おそらく警備員の見回りだろう。しかし、K子さんは思い出した。古株の非常勤講師が教えてくれた話にはこんな続きがあったのだ。

――鏡の中の自分に七不思議を教えてもらったら、次に誰かに会うまでに七不思議のどれか一つを消さないと呪われて死ぬ。

つまり、「鏡の中の自分が七つ目の不思議を教えてくれる」ということ自体が七番目の

不思議であり、教えてもらった不思議は八番目の不思議になる。それでは「八不思議」になってしまうので、「七不思議」であるためにはどれか一つを消さないといけないということらしい。もちろんその話を聞いた時にはK子さんは「呪われて死ぬ」などという非現実的な話は信じていなかった。しかし、今しがた実際に鏡に映った自分は口をパクパクと開き、七番目の不思議を教えてくれたではないか。ということは、もしかしたら「呪われて死ぬ」というのも本当かもしれない。少なくともその可能性は否定できない。

——私、死ぬの？

そう思ったら、K子さんは急に焦ってきた。見つからないようにもう一度職員室の中に戻った。足音が聞こえる。とにかく、七不思議の内のどれか一つを消さねばならない。消す、とはどういうことだ？　トイレの花子さんを消しようもないし、階段の段数が増えたり減ったりするのもどうにも手の施しようがない。頭の中で素早く七不思議を検討し、実行可能そうなものはこれしかないと結論づけた。

——音楽室のベートーヴェンの肖像画を燃やす！

だが、ダメだ。ライターもマッチもない。コツコツと足音は近づいてくる。それに、音楽室に行くにはこの廊下を通っていかなければならない。どのみち警備員さんと鉢合わせしてしまう。どうしよう。その時、K子さんはひらめいた。職員室のドアの脇に立てかけてあった金属バットを手に取り構える。そして、それを思いっきりフルスイングした。ガシャーン！　と大きな音が響き、それと同時に「誰だ！」と警備員が職員室に飛び込んできたという。

「鏡を割ったの」

七番目の「鏡の中の自分が七つ目の不思議を教えてくれる」という不思議を消したのだ。もちろんそのまま警備員に見つかり、学校からは大目玉をくらうことになった。

「鏡代の弁償と、停学一週間をくらったわ」

K子さんの学校は進学校だ。停学なんてものは前代未聞のことだったそうだ。

「私、特進クラスの中でも成績優秀だったから」

これでも大目に見てもらった寛大な措置だったのだという。

それにしても、その鏡の中の自分が教えてくれた七番目の不思議とは何だったのだろうか。K子さんはコーヒーを飲み干し、首をかしげこういった。

「それがね、いっくら思い出そうとしても思い出せないのよ」

K子さんは腕時計をちらっと見て、「いけない、仕事に戻らなきゃ」と、また颯爽と去っていった。

赤子

川越市

運送業をしていたGさんの体験。まだ昭和の時代の出来事だそうだ。

当時実家を出て仕事に就き、川越市で一人住まいを始めたGさん。Gさんの借りた部屋は二階建てアパートの二階で、四畳半一間。壁は薄く、隣の生活音も聞こえてしまうような安普請だ。

仕事から帰れば寝るだけの毎日。体力仕事なので倒れこむように眠ってしまう。男の一人住まいで大した家具もない。足が折り畳み式の木製の小さなちゃぶ台と、それに薄っぺらい布団は万年床だ。

そんなある日、昔からの友人が訪ねて来た。Gさんも次の日は仕事が休みだということで、部屋で飲み明かすことにする。たいしたつまみもなかったが、二人で安酒を飲んだ。

すっかり酔いが回った深夜、突然赤ん坊の泣く声が聞こえてくる。隣の部屋からだ。

「夜泣きか？」

「うるせぇな」

とはいえ、どうすることもできない。気にせず話の続きをしようとした。が、あまりに泣き声がうるさいのでお互いの声もよく聞こえないほどだ。泣き声は止まない。酔いが回っている友人はいら立たし気にいった。

「親は何やってんだ」

はたと気がついた。隣の家に赤ん坊などいただろうか。Gさんは仕事から帰れば寝るだけだし、ろくに近所づきあいもしていない。隣にどんな人物が住んでいるのかは、はっきりとは知らない。だが、赤ちゃんやその母親らしき人をこのアパートで見かけたことは一度もない。第一、こんなふうに赤ちゃんの泣き声が聞こえたのも初めてだ。

「なぁ、この泣き声、なんか近くないか？」

さっきは深く考えもせず、隣の部屋からだろうと決めつけた。が、いくら壁が薄いと言ってもあまりに泣き声が大きく聞こえすぎやしないだろうか。二人は黙った。その間も、赤ん坊は何かを主張するように大きな声で泣き続けている。どうもここから聞こえてくるらしいと見当がついた。一気に酔いがさめる。

「なぁ、どこから聞こえてくるかわかるか？」

「あぁ」

「俺も」

Gさんの部屋は、左右をどちらも部屋にはさまれている。しかし、こうして耳を澄ませてみると、どうもどちらの壁からも聞こえてくるわけではないようだ。

「なぁ、せーので指さしてみないか？」

「あぁ、わかった」

「せーの！」

二人が指さしたのは、Gさんの部屋の押し入れだった。指をさした途端、押し入れがガタンと大きな音を立てる。二人は飛び上がり、大声をあげて部屋から飛び出した。

とてもじゃないが部屋に戻る気がしない。外で一晩を明かした。

夜が明けた。すっかり明るくなってから二人はおそるおそる部屋に戻った。見ると、押し入れのふすまがほんの数十センチばかり開いている。そこから黒い跡が点々とついているる。近づいてよく見た。小さな丸っこい手のひらに短い指——それは赤ちゃんの手形のようだった。それが、床、壁、窓といたるところに黒い跡をのこしている。

「なぁ、押し入れの中、見た方がいいよな?」

「あ、あぁ」

二人とも気が進まなかったが、押し入れの中を確認してみることにした。数十センチほど開いているふすまに手をかける。Gさんたちは息をのんだ。押し入れの中は小さな黒い手形でびっしり埋め尽くされていた。

Gさん自身は赤ちゃんや水子に関することで身に覚えはない。その部屋で亡くなった赤ちゃんがいたとか、事故物件であるとか、Gさんが聞いて回った限りでは、そのようないわくも何も見つからなかったということだ。

この部屋の中で誰も知らない何かがあったのか。あるいは訳などなくとも何かの拍子に、怪は突然に降りかかってくるものなのか。もしかしたら、小さな黒い手形の主も、なぜ自身があの部屋であのような怪を起こしたのか、わかっていないのかもしれない。

大観覧車

南埼玉郡宮代町

その遊園地には赤いゴンドラの大観覧車があった。

それは闇夜にライトアップされ、ゆっくりと回転を続ける。

当時大学生だったCくんの体験。

アルバイトを探していたCくんは、動物園と遊園地が融合したレジャー施設の求人を見つけた。

「へぇ、大観覧車の係員か」

客の誘導案内やアトラクションの操作などの簡単な仕事らしい。

「面白そうじゃん」

遊び気分で楽しみながらバイト代をもらえるなら、こんなにいい仕事はない。そう思い、すぐに応募した。

仕事内容は、地上に降りてきた観覧車のゴンドラのカギを外してドアを開ける。乗っている客がいれば降ろす。新たな乗客を乗せ、ドアを閉めてカギをかける。これだけだ。

初めてのアルバイト。最初はまごついたり慣れない接客にとまどった。が、慣れてしまえば単純な作業だ。逆に慣れてしまうと、一つのゴンドラに乗客を乗せて送り出した後は、次のゴンドラが到着するまでの微妙な間を持て余す。しかも、どんなに忙しい時でも観覧車は乗車率百パーセントになることはめったになかった。

手をつないだカップルがやってきた。ゆっくりと降りてきたゴンドラを見ながら楽しそうにはしゃぐ同年代のカップルを横目に、Cくんはあくびを噛み殺す。たいしていいバイトでもなかったな、と思いつつ地上へと舞い戻ったゴンドラのカギを外し、ドアを開けた。

「あれ?」

開け放ったドアの向こう側、ゴンドラの中はカラッポだ。

「どいてくれなきゃ乗れないんだけど」

いつまでもドアの前でぐずぐずしているCくんに、カップルの男の方がいぶかし気に声をかけた。

「す、すみません。どうぞ」

あわててドアの前からどき、二人を中へと誘導し、ドアを閉めてカギをかけた。

「おかしいな。確かに人影が見えてたのに」

そうつぶやきながら、カップルが同じ側の席に腰かけたため、やや傾いた状態で赤いゴンドラが揺られていくのを見送る。

「おーい、何やってんだよ」

コントロール室で大観覧車を操作していた相棒の係員に笑われた。彼もCくんがアルバイトを始めるほんの少し前から働き始めたばかりだという。同じ大学生ということで、すぐに仲良くなった。

「いや、今さ——」と説明しかけたところで別の乗客がやってきたので、話は中断したままになった。

閉園の音楽が鳴り始めた。

平日であれば夕方には閉園してしまうところだが、カップルやファミリーで賑わう週末は日が暮れた後の遅い時間まで営業している。園内のにぎやかな明かりが闇夜の存在を忘れさせ、客はいつまでも帰らない。

もともと絶叫系の乗り物に比べるまでもなく、さほど人気のない大観覧車の列にも夜景を楽しもうという客が閉園まぎわになってもまだまばらにやってくる。Cくんは列を確認した。今並んでいる客たちを乗せたらそれで終わりだ。

——あと一組。

最後は両親と小学三年生くらいの女の子三人の家族連れだった。

カラのゴンドラが降りてきた。カギを外し、ドアを開ける。

今日最後の客だと思うと解放感からか、Cくんは自然と声を張っていた。

「こちら、どうぞー」

と、くるりと振り返る。

「あれ?」

しかし、そこにはほんの数秒前までいたはずの親子の姿がない。

大観覧車に乗りこんだら一周するのに十数分かかる。時間も遅いので、もうやめて帰ろうということにしたのだろうか。だが、それにしても、帰っていくうしろ姿もどこにも見

当たらない。首をひねっていると、

「おい、扉！」

とコントロール室の相棒の係員が叫んだので、一番低い地点をすでに過ぎ、少し上がりかけたゴンドラの扉をあわてて閉めてカギをかけた。

「おっかしいなぁ」

とにかく、あとは今ゴンドラに乗っている客を全員降ろしたらおしまいだ。

「足元お気をつけてー」

地上に降り立った乗客を全員見送った。

最後の最後に、カラになった大観覧車をもう一回転させる。中に人が残っていないか確認し、雑巾で外側の窓を手早く拭く。すべてのドアを閉めカギをかけた。

コントロール室の方に顔を向け、

「オッケー！　全部終わったよ」

と声をかけ、観覧車の方に首を戻した。

「え？」

今確かに誰も乗っていないことを確認したはずのゴンドラの中に、三人の人影が見える。

今日最後の客になるはずだった、あの親子三人連れだ。

と相棒に乗っているはずのない客の存在を知らせようとして、気がついた。

「おい、アレ――」

その上のゴンドラにも、さらにその上のゴンドラにも人影が見える。観覧車にそって、ぐるりと視線を動かすと、半数ほどのゴンドラの中に黒い人影がいくつも確認できた。窓越しにこちらを見降ろしている。それらが普通の人でないことは、すぐにわかった。眼が闇夜に光っている。

この異常な光景に気づいた相棒も眉間にしわを寄せ、口を半開きにして観覧車を見上げている。

ふいに生じた激しい金属音が耳をつんざく。反射的にCくんは両肩をすくめた。見ると、ゴンドラのドアがすべて開いてしまっている。どうやら今しがたの衝撃音は勢いよくドアが開いた時の音らしい。

今度は何かが勢いよく地面にぶつかった。Cくんの足元にまで細かい飛沫が飛び散る。それは黒くどろりと粘り気がある。「うわっ」と声をあげ、思わず飛びのいた。はっと見上げると、ちょうど中間ほどの高さまできたゴンドラの、開いたドアからまた次の何かが滑り落ちるところだった。それはまた地面に勢いよく叩きつけられた。見ていると、ゴンドラの中で人の形をしていた黒い影が溶けるようにタール状の塊になっていく。それが開いたドアからその重みでぬるりと滑り落ち、地面へと落下していくのだ。

スピーカーを通したような大音響の笑い声が辺り一面に折り重なるように響く。

その笑い声はゴンドラに残っているほかの人影たちのものだった。開いたドアから下を見下ろし、タール状となって地面に叩きつけられていくのを指さし笑っているのだ。

「うわぁーっ！」

Cくんたちは、慌ててその場から走って逃げた。

責任者を連れて戻ると、ゴンドラの中にも、落ちて打ちつけられたはずの地面の上にも、何もなかったということだ。

しかし、それらがCくんらの単なる見間違いや思い過ごしでなかった証拠に、ゴンドラのドアはすべて開いたままになっていたという。

これは三十年近く前の話だそうだ。

数年前、遊園地の開園当初からあったこの赤い大観覧車は、三十三年間の役目を終えて廃止されたという。今では別の新たな観覧車が来場客の思い出づくりに一役買っているということだ。

ついてくる

行田市

行田市在住の、間もなく四十歳を迎えるというシングルマザーのFさんの体験。

夜だった。といっても、まだ夕焼けから闇になったばかりの夜だ。仕事からの帰り道。ふと誰かに見られているような気がした。Fさんは後ろを振り返る。だれもいない。気のせいか。また前を向いて歩き始めた。Fさんは古い団地に住んでいる。この辺りは静かで、人通りも少ない。やはり視線を感じた。誰かがつけている？　そんな気がして気持ち悪くなり、歩調を速めた。その際、さっとうしろを振り返って見た。そこには黒い闇が広がるばかり。だがやはり、何かがいるような気がしてならない。

――早く帰ろう。

そう思い、足をくりだした。背中に意識が集中する。途中、何度も振り返った。やはり誰もいない。それでも、背後に何かいるかもしれないという恐怖を感じていた。Fさんは、小学校低学年の息子のSくんと二人で暮らしている。学校が終わったら自分でカギを開けて自宅に入り留守番をしているはずだ。用意しておいた夕飯はチンして食べたろうか、と気にかかる。背後で小さな音がした。コツン、という軽い音。小さな砂利石がアスファルトの上を跳ねたような音だ。普段だったら気づかない、あるいは気にしないような小さな音。思わず振り返った。そこにはやはり黒い闇が広がるばかり。前に向き直り、足を繰り出す。早く家に着かないだろうか。また小さな音がした。コツン。振り返ったところで何もいないだろうと思った。しかし、うしろを確認せずにはいられない。さっと振り返った。やはりそこには何もない。

足早に歩いた。歩くとその歩調に合わせて、コツン、コツンと音がする。ついてくる。Fさんは小走りになった。すると、音もコッ、コッ、コッと間隔をせばめる。背中を冷たい汗がつたっていく。追いつかれそうだった。不意にうしろから腕を、あるいは肩をつかまれそうな気がして、何度もうしろを振り返る。何度振り返っても誰もいない。はたと気がついた。この小石がアスファルトを打つような音は、自分の靴が道路の上の小さな砂利を巻き上げているだけなのではないか。だから、自分の歩みに合わせて音がするのだ。そう思い、足を止めた。音もぴたりとやむ。なんだ、ふとしたことで臆病風が吹いて疑心暗鬼になっていただけのことだったのか。そう気づいて、肩の力が抜けた。コツン。小石がアスファルトを打つ音がした。

——え？

コツン。Ｆさんは動けない。コツン。立ち止まって黒い闇を見つめるＦさんを追い立てるように、その闇の中から小石がアスファルトを打つ音が等間隔で幾度も聞こえてきた。等間隔の音がだんだん大きくなっていく。すると、その大きな音はどんどん速度を増していった。速度を増した音は、さらにその音と音の間隔をせばめ耳の鼓膜を連打する。迫りきた音に取り囲まれＦさんは道路の隅に追い詰められた。

Ｆさんはもう二度とうしろを振り向かず、自宅まで一目散に走って逃げ帰ったそうだ。

霊媒師

秩父市

秩父でお酒好きのAさんから聞いた話。

Aさんには行きつけの居酒屋がある。店は古くてぼろい。狭い店内に物がゴチャゴチャ置いてあるような小汚い店だが、安い値段で飲めた。行けば誰かしら常連の顔見知りがいる。そこへ行って、一日の疲れをおとしたり、愚痴をこぼしたり、馬鹿話をして笑ったり。Aさんは仕事が終わると、毎日のようにその安居酒屋に寄っていた。

「ちょっと変わったヤツがいたんだよ」

そんな仲良くなった飲み仲間のひとりに、自分は霊媒師だと名乗る男がいた。霊媒師なんていうと胡散臭い風貌をつい思い浮かべてしまう。が、メリヤスのシャツにグレーのスラックスをはいているような、一見する限り特段変わったところのない普通の中年男だったそうだ。穏やかな性格で、どちらかといえばいつも聞き役に回るようなタイプだったという。かといってまったく無口だというわけでもなく、時折りする発言はなんとなくみんなを黙らせるようなものがあった。

「それが何だったかっていわれても、そんなの俺は学が無いからうまいこと説明できねぇよ」

とにかく物静かながらも、それなりの存在感があるような人だったらしい。

「それがさ……」

ある日突然その霊媒師の男がこんなことを言い出した。自分はもう長くない。もしかしたらこうやって一緒に飲めるのも今日が最後かもしれない、と。

「病気か何かかって聞いても、そうじゃないってんだよ」

実際、その霊媒師の男は顔色が悪いとか、げっそりと痩せこけたとか、あるいはむくみがひどいとか、歩くのも辛そうだとか、そんなことは一切なく、今までと変わらず普通に元気そうだ。まぁもともと霊媒師なんて因果な商売をやっている男だから溌剌《はつらつ》とした健康的な人物という印象はなかったが、とにかく特段悪いところはなさそうだ。だが、霊媒師の男は、もう覚悟はできているから、などと言う。

「なに訳の分かんねぇこと言ってんだと思ったけど、何しろ霊媒師の言うことだからね」

みんな半信半疑ながらも、その霊媒師が本当にどうにかなってしまうのではという心配も多少はしたそうだ。

ところが、その霊媒師の男は次の日もその次の日も、いつも通りその飲み屋に現れた。

「なんだよ、霊媒師っつっても、おまえさんの言うことはあてになんねぇな」

と、みんなで笑った。霊媒師の男も「そうだな」と言って、はは、と笑っていたそうだ。

あくる日も狭くて汚い居酒屋でAさんと霊媒師の男は顔を合わせた。そのあくる日も安い酒を酌み交わす。そのあくる日もたわいもない与太話に笑う。霊媒師の男が言い出した妙な宣言が冗談のタネにもあがらなくなった頃のことだ。

「じゃあ明日また来るよ」

そう笑顔を見せて帰っていったその日、霊媒師の男は亡くなった。事故死だった。霊媒師の男が死の予言をしてから二週間後のことだった。

私だけ？

越谷市

北千住駅近くでＯＬをしているというＢさんの体験。東武伊勢崎線に「東武スカイツリーライン」という愛称がつく前の話だそうだ。

仕事が終わり、北千住駅から電車に乗り込んだ。各駅停車で三十分もすれば自宅の最寄り駅であるＧ駅に着く。Ｇ駅の西口に出ると、昔ながらの商店街が広がっている。比較的古い店舗や庶民的な飲食店が多い。東口方面は新しく整備された住宅街である。

Ｇ駅に降り立ったＢさんは、ホームを改札階へと降りる階段がある方へと歩いていた。Ｂさんと同じように仕事帰りのサラリーマンらも同じ方向へと歩いていく。Ｇ駅には各駅停車しか停まらない。通過列車の急行の光が遠くに小さく見えた。電車のヘッドライトの光がどんどんと近づいてくる。

――え？

線路の上に人がいた。おじいさんだ。よたよたと線路の上をぎこちなく歩いている。あっと思った時には電車のヘッドライトの光は目の前だった。駅員に知らせる余裕も非常停止ボタンを押す時間もない。Bさんは思わず目をつむった。電車が急ブレーキをかける音。周囲の人々があげる悲鳴。そのどちらも聞こえてこない。ドン、と左肩にぶつかられた。

「急に立ち止まんなよ」

カーキ色のジャンパーを着た中年の男が追い抜きざまにBさんにすごんでいった。Bさんは線路を見た。まだいる。どう考えても電車にはねられたはずのおじいさんは、先ほどと同じ様子でよたよたと線路の上を歩いている。ホームにいる人々を見回した。みな足を止めることもなく、平然と階段の方へと流れていく。

――みんなには見えてない？

線路を見下ろした。おじいさんは今も危なっかしく線路を歩いていく。

次の通過列車の構内アナウンスが流れた。

――見なかったことにしよう。

Bさんはダッシュで階段を駆け降り、ホームを後にしたそうだ。

十九歳

深谷市

深谷市在住の十九歳の女子大学生のＬ美さんがした体験。

昼休み、大学のキャンパス内の学食にいた。テラス風の窓際席には初夏の日差しがまぶしく差し込んでいる。女友達五人で席をかこんでいた。一人がこんなことをいい出す。

「もう最悪。昨日、人生で初めて金縛りにあっちゃった。来月誕生日だったのに」

「誕生日が金縛りと関係あるの？」

その子は真面目な顔をして「あるよ」という。

「二十歳の誕生日までに心霊現象に合わなければ、一生そういったことに合わないっていうじゃない」

「えー？」

「初めて聞いたよ、そんなの」

子供は霊を見やすいなどとよくいう。それを逆手にとって、未成年である二十歳未満の内に見なければその後も見ることはないといった都市伝説のたぐいだろうか。

その場にいたうちの一人は、子供の頃に見て以来、これまでに三度ほど霊を見たり聞いたりしているという。残りの三名はL美さんも含め、そのような経験は一度もなかった。

「よかったー。私、もう誕生日きてるし」

「私も。じゃあ、私達は一生大丈夫ってことだね」

「えー、私まだ誕生日まで半年もある。ねぇ、こんな話もうやめよう。霊の話をしてると霊が寄ってきちゃうっていうじゃない」

L美さんがそういったのに、金縛りにあったと言い出した友人はその詳細を語りだす。L美さんが「やめやめー」といいながら、その友人におおいかぶさっていくのをみんなは笑ってみている。しかし、その友人は話をやめない。誕生日を目前に「そっち側」の人になってしまった腹いせに、L美さんを仲間に引き入れようとしているかのように意固地に話を続ける。ふいに日差しが陰った。L美さんは一瞬、教室が真っ暗になったように感じた。

「やめて!」

L美さんの声に、友人が黙った。

「やだ、怒ったの？　ごめん、ごめん。もう言わないから」

「あ……、私こそごめん。なんだか今――」

「今？」

「ううん、なんでもない」

なんだか今、何かがこっちにきたような気がしたから――。L美さんはそう言おうとして口をつぐんだ。そんなことをいったら余計に寄ってきてしまうかもしれない。そんな風に思い、言葉を飲み込んだ。

「そういえばさ、駅前に新しいカフェできたの知ってる？」

別の友人が気をきかせて楽しげな話題をふってくれた。雲が切れ、日差しが戻る。なんだ、さっきのは日が陰っただけか。L美さんはそう思い、臆病に怖がりすぎた自分が少し恥ずかしくなった。そうこうしている内に賑やかなランチタイムは終了し、みなそれぞれ午後の授業へ向かう。

その日の夜のことだ。

L美さんは深夜にふと目が覚めた。真っ暗だが、自分の家の自分の部屋の自分の布団の中に間違いない。なのに、安心できないこのうすら寒い感覚はなんだろう。布団の中にいるのに鳥肌が立っている。L美さんは普段眠りが深いタイプで、夜中に目が覚めることなどめったにない。

L美さんの家は二階建ての戸建て住宅だ。L美さんの寝室は二階にあるが、両親は一階の和室で寝ている。一階分の距離を遠く感じ、なんだか心もとない気分になってきた。一度下に降りて台所で水でも飲もうか。いや、だめだ。今こうして布団にくるまっていても背筋がひやりとしているが、この布団の中から出るなんてもっと怖くてできそうもない。そんな考えが頭の中をめぐりだし、妙に眼がさえてしまった。

あおむけに寝たまま、仕方なく天井の暗闇を見つめる。眼が闇に慣れてきた。眼が勝手に闇の濃淡を見分ける。足元の闇だけ深い。頭皮に鳥肌が立ち、髪がぞわっと逆立った。

——何かいる?

午後の授業を受けた後、話題に出た新しいカフェにみんなで寄った。楽しい気分に塗り替えられていた脳裏にランチタイムの記憶がよみがえる。

やはり足元の闇だけ濃い。そこだけ黒い霞が幾重にも折り重なっているようだ。L美さんは、その何かに起きていることを悟られないようにじっとしていた。しかし、そうしてじっとしているのは自分の意思で動かずにいるのか、動けなくてじっとしているのかわからなくなってくる。闇が動く。闇はL美さんの足元の方から布団の上にのっかかった。L美さんの左足首のすぐ上あたりにピンポイントで重みがのしかかる。L美さんは反射的に身をすくめた。と自分では思ったが、実際には体はピクリとも動いていない。

——これ、金縛り?

今度は右足首のすねの部分の一カ所にゆっくりと、でも確実に重みがのしかかってきた。それらを払いのけてしまいたい。そう思いL美さんは足をバタつかせようとした。が、やはり押さえつけられている感覚のある両足はどちらも真っ直ぐに伸ばされたままだ。動けない。左足首を押さえつけていた重みがふっと軽くなる。解放された、と思った時にはその重みはすでに左の太ももの中央を押さえつけていた。四つ足の獣が、前足でL美さんを押さえつけながら一歩一歩下から這い上がってくる。そんな風に感じた。押さえつけられている箇所だけでなく、上半身も、手の小指の一本すらも動かせない。助けを呼ぼうにも声が出ない。右すねを押さえていた前足の重みが右の骨盤の上あたりに移動した。

眼球だけは動かせた。その正体を確かめようと黒目を思いっきり下へと向ける。しかし、

L美さんの体の上には何か形あるものが乗っているわけではなく、ただ、その辺りの闇が濃く深くなっているだけだ。今度は左わき腹を押さえつけられた。先程までより広い範囲を押さえつけられ、息が苦しくなる。動物の前足ではない。手だ。人間の手のひらの形だ。先程までは、息遣い荒く舌を長く出した狼か犬のような獣にのしかかられている気がしていた。が、違う。それはもっと大きなものらしい。それは人間――これを人間というのかわからないが、四つ足の獣ではなく人間の男性のようだった。L美さんはそう感じた。右のみぞおちが軽くなり、一瞬ののちに右胸が押さえつけられる。息が苦しい。左のわき腹から手が離れ、左胸を押される。濃く深い闇の両手に、両方の肺を押さえつけられていた。息ができない。

――このままじゃダメだ。

そう思った。濃い闇の顔がL美さんの顔に近づいてきたような気がした。

――いやっ！

振りほどかなきゃ。そう思い、渾身の力を込めた。上半身を振り絞るようにして右肩をひねり上げる。体は鉛のように重かった。

気がつくと、L美さんは自分の家の自分の部屋の自分の布団の上で、上半身だけ起き上

がった状態で座っていた。時計の秒針の音が耳に届いた。見ると、壁掛け時計は午前三時を示している。L美さんは布団を頭からかぶり、空が白んでくるまでこの秒針の音を聞き続けた。

おわりに

物心ついた時には、怖いものに惹かれる――そんな子供でした。

大人しく、友達の少なかった私ですが、時折りできる友人というのは、やはり私と同じような怖いもの好きの子供だったように思います。

小学校の頃、そんな数少ない友人宅で読んだホラー漫画家の日野日出志先生の作品は、私に強烈なトラウマを植え付けました。それと同時に、恐怖や怪奇への衝動をさらに強いものにしたのは間違いありません。


私にも心霊体験があります。

あれはまだ私が大学生の頃の話です。諸事情により実家を出て、三か月間だけ京都で独り暮らしをすることとなりました。たった三か月のことですし、お金もない学生の身。とにかく安い物件を、ということで、不動産屋さんに紹介された事故物件に住むことにしたのです。女子大学生がその部屋で自殺をした、という話でした。しかし、事故物件だからといって何が起こるわけでもないだろう。そう高をくくっていたところもありました。

しかし、「彼女」はそこにいました。いえ、正確にいうと、私が彼女の姿を目で見て確認したということはありません。ですが、彼女は私に何かを訴えたかったのでしょうか、様々な方法で私にその存在を示してきました。例えば、私は当時から今までずっと丸刈り頭なのですが、にもかかわらず、排水口には数十センチはある長い髪の毛がそこから生えているかのように伸びるのです。私はその絡みつく髪の毛を排水口から取り除きながら、「彼女」との同居生活を三か月間続けました。

今となっては、いい思い出です。

怪談に限らず、オカルト、ホラー、怖いものは今も私を魅了してやみません。

現在は、怪談蒐集家として活動する傍ら、銚子電鉄の「お化け屋敷電車」をプロデュースしたり、また憧れの日野日出志先生と色々なお仕事をコラボさせていただいております。

こちらの「怖い話」シリーズも、本書で通算十冊目となり、記念すべき一冊となりました。皆様に心より御礼申し上げます。

寺井広樹

寺井広樹（てらい・ひろき）
1980年生まれ。怪談蒐集家。銚子電鉄とコラボして「お化け屋敷電車」をプロデュース。
『広島の怖い話』『東北の怖い話』『茨城の怖い話』『お化け屋敷で本当にあった怖い話』『静岡の怖い話』『新潟の怖い話』『岡山の怖い話』『宮城の怖い話』(いずれもTOブックス)、『日本懐かしオカルト大全』(辰巳出版)など著書多数。

能面りりこ（のうめん・りりこ）
怪談作家。埼玉県深谷市を拠点に本書を執筆。小学校時代には、巫女として神社で御神楽を奉納していた経歴を持つ。現在は能面に魅了され、執筆の傍ら能面を打つ日々。

能面	写真	協力	イラスト
中村光江	平垣内悠人	正木信太郎	sel

彩の国の怖い話
—男女怪談作家の恐演—

2018年12月1日　第1刷発行

著　　者　　寺井広樹・能面りりこ

発 行 者　　本田武市

発 行 所　　TOブックス
〒150-0045 東京都渋谷区神泉町18-8
松濤ハイツ2F
電話 03-6452-5766（編集）　0120-933-772（営業フリーダイヤル）
FAX 050-3156-0508
ホームページ　http://www.tobooks.jp
メール　info@tobooks.jp

印刷・製本　　中央精版印刷株式会社

　ISBN978-4-86472-757-0　　Printed in Japan